心有锦缎

央视新闻 编著

金城出版社
GOLD WALL PRESS

中国·北京

图书在版编目（CIP）数据

心有锦缎 / 央视新闻编著 . —— 北京 ： 金城出版社
有限公司，2024.3
ISBN 978-7-5155-2453-5

Ⅰ. ①心… Ⅱ. ①央… Ⅲ. ①中国文学－当代文学－
作品综合集 Ⅳ. ① I217.1

中国国家版本馆 CIP 数据核字 (2023) 第 000165 号

作品版权归属于中央广播电视总台
许可金城出版社有限公司出版发行中文（简体）版纸质图书

心有锦缎

编　　著	央视新闻
责任编辑	丁洪涛
文字编辑	王博涵
责任校对	高　虹
责任印制	李仕杰
开　　本	880 毫米 ×1230 毫米　1/32
印　　张	9.5
字　　数	187 千字
版　　次	2024 年 3 月第 1 版
印　　次	2024 年 3 月第 1 次印刷
印　　刷	小森印刷（北京）有限公司
书　　号	ISBN 978-7-5155-2453-5
定　　价	59.80 元

出版发行	金城出版社有限公司 北京市朝阳区利泽东二路 3 号　邮编：100102
发 行 部	(010) 84254364
编 辑 部	(010) 64391966
总 编 室	(010) 64228516
网　　址	http://www.jccb.com.cn
电子邮箱	jinchengchuban@163.com
法律顾问	北京植德律师事务所　18911105819

序言

敬一丹

夜，读，这两个字在一起，让人想到灯，想到书，想到忙碌喧闹之后终于静下来的气氛，想到独处中渴望与文字交流的心情，于是，夜读，就有了画面感，有了意境。

我与《夜读》有超过十年的缘分。

那是2013年的一天，在中央电视台新闻中心，遇到编辑李伟。

他说："敬大姐，帮我们录首诗啊？"

我问："在哪用啊？"

他说："在央视新闻《夜读》。"

我那时不太明白，这是怎样一个平台，只知道，是个新媒体节目。那时，传统"电视人"看新媒体的目光，有点儿像当年资深"广播人"看新起的"电视人"。走进录音间，李伟把话筒挪开，把手机放在我面前。

"啊？用手机录啊？"

"可以的，我们就是用手机录。"

"能行吗？你们新媒体真任性！"

于是，有了我与《夜读》的第一次合作。那次，我没有录诗，我带去朱伟先生的书《微读节气》，读了其中的一段。在《夜读》里推出时，一听，还行，并没有我担心的"业余"味道。我在电台、电视台的话筒前工作了三十多年，一直觉得在话筒前说话是个挺郑重的事儿，没想到，手机瞬间就把话筒替代了。

过了一个节气，李伟又来了："再读一段呗！"于是，一个一个节气读下来，后来我终于学会自己用手机录音，读完了朱伟的，读宋英杰的，又读申赋渔的……惊蛰、小满、霜降、冬至，一年又一年，读了十年。这十年，每半个月，我读一次节气，不疾不徐，绵绵不断，这个节奏对我来说正好，我享受着夜读中的春夏秋冬，体会着二十四节气里的智慧，吸收着人类非物质文化遗产的营养，分享着静夜里的柔光。

《夜读》越来越丰富，越来越成熟，后来听说，李伟被更年轻的编辑们叫作"伟叔"了，新媒体涌入了一拨拨年轻人，《夜读》也是年轻人在操持着。我们之间都是手机交流，没怎么见过面，我把录音发给他们，那只是简单的素材，然而当作品推出时，有文有图，有声有色，从他们的编辑作品中，从作品的格调中，我猜想，他们是文青气质的,若璐她们这些女生,该是白衣长发那种吧?

　　媒体生产出的新闻作品,很多是易碎的,硬的内容,快的时效,当时再有影响,过后,影响也会衰减。而在央视新闻这样的平台上,《夜读》的很多作品是有恒久的生命力的。同样的内容,出现在新闻节目里,多半是平实硬朗的风格,而出现在《夜读》里,往往更有温度、更柔软、更细腻。比如,我在主持《感动中国》时遇到的年度人物,也会出现在《夜读》里,不同角度的呈现,让樊锦诗、张桂梅、郎平的形象在我心里更加立体丰满。

　　《夜读》是文艺的,也是生活的,在那些美文里,能感受到地气,能摸到脉搏。小屏大视野,有风雨,有彩虹,有欣喜,有迷茫,读出各种感受的时候,会有一种彼此懂得的会意。这感觉,有点儿像年轻时看《读者》。

　　毕竟是新媒体,《夜读》的互动有着独特的价值,那些留言,引发了多少思绪,带来多少共鸣!这种交流有着鲜明的时代感,用心读,可以读出好多意味,可以获得好多启发。

　　《夜读》可读可听,我逐渐习惯了小屏碎片式传播,遇到喜欢的内容，就收藏起来，我隐隐有这样的愿望：要是能把精品内容集中起来出本书就好了。

在《夜读》十年之际，我们看到碎片集结成书。这书，让我看到传播的链条：曾从纸页上精选的文字，转换了方式，在新媒体上传播，再由新媒体回到纸上。介质变了，而内容的选择依然体现着编者的价值观，依然透露着编者的审美倾向。

把这书放在案头枕边，让书香伴着生活。

第一章
家人闲坐，灯火可亲

我不想忘	003
没有忘记，就是永远在一起	011
给生命的两头同等关爱	017
惊天动地的爱，鸡毛蒜皮地给	028
老来多健忘，唯不忘相思	037
可以的话，和爱的人多见面吧	044
那个捧儿子"臭脚丫"的父亲走了	052
这世间最大的遗憾，是不曾好好告别	063
我们身上有个不可战胜的春天	070

第二章

烟火谋生，诗意谋爱

三碗面	084
人的一生都走在回家的路上	093
横街子的故事	100
吃饭的人和做饭的人	104
被爱，是一种怎样的感觉	108
四个春天	113
老夫老妻	117
悄悄地，喜欢过你	125
单身的50个理由	129
好好生活，终会相遇	140
你好，生活	154
人间浪漫指南	159
关于善良的18个故事	167
如果人生能重来	176
我见过她	184

目录

第三章

寂静生长，自成欢喜

你的朋友圈，有多少"仅自己可见"？ —— 200

相爱的人，那么近，又那么远 —— 204

突然不想设置"朋友圈仅三天可见"了 —— 211

有些朋友，走着走着就散了 —— 223

余生，多哄自己开心 —— 229

为什么我们需要倾诉 —— 234

我们需要怎样的情绪价值 —— 239

目录

学会聆听，好好说话 —— 244

好的友情，贵在相处舒服 —— 250

人生，难得知己 —— 256

分享欲是最高级的浪漫 —— 260

你不必一个人扛下所有 —— 267

我们可不可以不敏感 —— 272

对方正在输入…… —— 279

嗯，会好的 —— 285

后记 —— 291

第一章——家人闲坐，灯火可亲

我不想忘

敬 一 丹

有人说过,死亡不是人生的终点,遗忘才是。你最不想忘记的是什么?

1

怎么会忘了呢?

父亲曾经是那么敏捷的一个人,记忆力超强,手不释卷,任何问题都可以问他。当他开始慢慢遗忘的时候,我害怕了。我害怕他那么丰富的人生,就这样一点点被忘掉了。

这种害怕让我感到长久的不安。人来这个世界走一趟,留下了许多痕迹:他自己创造的痕迹,别人留给他的痕迹,他和别人交错时产生的痕迹。如果那些痕迹、那些有价值的事物都被忘记的话,不仅仅是一个人,和他关联的世界的一部分就消失了。

2

记忆看不见,摸不着,存在于人的头脑中,却是人生中最宝贵的。

比起自然地忘记,主动地遗忘更让我感到不安。人总是想摆脱痛苦、摆脱焦虑、摆脱烦恼的,摆脱的方法就是"忘了吧"。但我们所有的那些经历,都付出过代价。如果忘了的话,我们就白经历了。

所以,我就是不想忘,特别是痛感记忆。那些痛苦的记忆,遇到了,是遭遇。如果忘掉的话,也是人生经验的一种丧失。

我不能想象,如果有一天,自然遗忘和主动遗忘都发生的时候,生命会是什么模样?趁着我们还没有忘记,把觉得有价值的,不该忘记的,记下来吧。

3

我母亲就特别珍惜跟"记录"相关的东西。

她保留下来的都是什么呢?和父亲结婚时的那张日历,每个孩子出生时的日历,我们小时候的操行评语、作业、画的画……

一切和文字有关的东西,她都特别珍惜,尤其是亲人之间的信。

从和我父亲的第一封情书开始，这些信她都留着，并且不知看了多少遍。后来，有了孩子，她会说"我在给爸爸写信，你在底下给爸爸画个画吧"，然后我们就画一画。等到我们会写字的时候，她就会说"你在底下，给爸爸写一句话吧"，然后，我们就在妈妈那封信底下，再写一行字。再过一段时间，我们会写更多字了，她就单拿出一张纸来，"你给你爸爸写信吧"。

母亲最珍贵的东西，就是在我们家床底下的一个木箱。那里面放着她从情书开始的家信。

她很珍爱那些信，希望自己的孩子也能珍爱它们。于是她就把那些信做了整理，一册册地装订起来。她说，装订的方式是跟姥爷学的——把信整理好，用一个锥子插进去，用白色的棉线一针针地缝起来，工工整整。

后来，她把这些信分给四个孩子，每人十几、二十几册。再次看到这些信时，我们都一会儿哭，一会儿笑的，好像一下就回到了那个年代。

这就是记忆保存的一种方式。母亲留给我的是记忆——她的记忆、我的记忆、家人的记忆。

4

母亲的这种做法，潜移默化地影响了我。

我的职业就是记录，用镜头记录，用话筒记录。职业记录，记录的是大时代，大家共同经历的那些巨大变化，说的多半是公共语言。但除了职业记录外，还有一种就是这样的个人记录。记录，好像是我生命的惯性和本能。

怎样留下父母的记忆呢？父亲八十多岁的时候，我给他写信，列下一串问号，都是我想知道想记录的事，于是有了《父女访谈录》；母亲理解了我的好奇和渴望，写下了《一个女公安的自述》。

那些信，那些年代的记录，那些传承的愿望，融汇成了一本书，叫《那年那信》。重读那些信，真是觉得它太有价值了。这些价值不光是我母亲做了一件非凡的留存，还因为信里也有很多超出家庭的记录意义。它记录了那个时代，以及时代里的很多社会细节。家庭的记忆，就是碎片嘛，而社会的记忆就是由这些碎片构成的。我很在意这种个体记忆，有血有肉的。

退休那一年，我写了一本书，叫《我遇到你》，回望自己的职业生涯。好像不给自己做这样一个小结的话，就过不去。

我遇到了什么呢？我遇到了电视媒体的上升期，遇到了那么多人，遇到了变化的时代。然后在所有"遇到"中，我发现我特别在意遇到的那些孩子——弱势的孩子，在时代变化的旋涡中沉浮的，不知道会有什么变化的，充满了各种可能的孩子。

曾经采访过一个九岁的小女孩杨芳，我看到她所有的画都是蓝色的，因为她只有一支笔，一支蓝色的圆珠笔。这个故事在《东方时空》播出以后，她收到了全国各地给她寄来的彩笔，她的同学也都有了彩笔。后来,她给我寄来了一幅画,画了蝴蝶、云彩、花、草地、熊猫,所有都是彩色的。连熊猫都是彩色的。她画了一只绿色的熊猫!

看到那只绿色的熊猫时,我瞬间就掉泪了,这个孩子终于有彩笔了。

在剧烈的时代变化中,孩子们在其中的变化是最大的,这就是我眼中看到的"记录"的价值。我采访的很多人,大多是萍水相逢,然后很快就忘了,这是记者的特点。但这些孩子,他们的眼神、他们的名字、他们在一起跟我手拉手的那种温度,我还记得。

5

我不是一个记忆力很好的人,比方记数字、人名、一些比较机械的东西,我都记不住。但是和感觉有关的记忆,我记得。幼儿园时,我想给我姐带一块麸子面的馒头回家尝尝,被老师发现了。老师从我的裤兜把它拿走的时候,那种"失落",我记得。

少年时,我在夜里一个人补一条秋裤。如果把那十几个窟窿都补上的话,我就有秋裤穿了。但当我补完,这条秋裤已经失去弹性,紧得穿不进去了。当时看着窗外,真想哭,可哭有什么用呢?我妈妈在几百里之外。那种"隐忍",我记得。

我小弟弟特淘气。他没有一件新衣服,都是老大、老二、老三传给他的旧衣服。看到邻居和他同龄的小男孩穿着天蓝色的套头衫，两块钱，我觉得他也应该有一件。我到柜台看过很多次。后来，终于给他买了。没想他穿出去玩了会儿，天蓝色的衣服就黑一道、白一道的了。那种恨不得暴揍他一顿的心情，我记得。

我还记得，中学时第一次在黑龙江图书馆看到画册里的裸体雕塑的时候，特别震惊。我赶紧看周围，有没有人发现我，我在犯罪吧？我不能看吧？可我还是想看，然后就趁着没有人的时候，一次又一次在图书馆角落里翻开那些画册。多年以后，我终于有机会去巴黎、罗马、希腊看这些作品的原件。看到那个雕塑的时候，我的记忆一下子就被唤起，不仅仅是视觉的，还有嗅觉的——我想起了图书馆里书和灰尘混在一起的味道，我更想起了自己当时的纠结。

五次去西藏，具体走了多少公里，我是记不住的。但我记得，当车沿着雅鲁藏布江行进的时候，月亮是如何跟着我们走过一棵棵树的。树的影子，我到现在，还记得。

有些人对数字过目不忘，有些人对情景过目不忘，有些人在意内心的感觉。同一个场景，有人有体验，有人没体验。有人路过，有人沉浸。

在生活中，我特别欣赏"善感"的人。这样的人，在日常生活中是有"感觉"的。如果"没感觉"的话，心就没有"动起来"。

从这个意义来说，"多愁善感"真是一个好词。因为体验和记忆是相连的。如果当下有很好的体验和理解，会自然地形成一种记忆，再回头看就是特别难忘的回忆了。

6

日子一天天远去，我有太多东西不想忘记。

我不想忘——六岁时，我和弟弟偷了一个茄子，躲在食堂菜窖通风口偷吃的那种感觉。我至今还记得，从百叶窗斜着倾泻下来的光。

我不想忘——我在银幕上看到让我心动的男主角，可是我还不敢跟别人说。看完电影，回到宿舍的路上眼前的那片萤火虫，那是少有的青春的彩色记忆。

我不想忘——在小兴安岭走在风雪交加的路上，有一个司机大哥停下车叫住我说，姑娘你的脸冻了。如果不是他提醒的话，可能那天我就破相了。

我不想忘——北京的一位妇产科医生。在我第一次怀孕准备做流产的时候，那个医生跟我说，留着吧。如果没有她，就没有我女儿了。

我不想忘——在我退休的时候，与我同龄的观众面对面地看着我，她说谢谢我那些年为他们做的事。

我不想忘——我爸爸看书的样子，我妈妈唱歌的样子……

本文参考资料：
央视新闻×为你读诗联合共创。
采访：张炫。

没有忘记，就是永远在一起

有人说，一个人真正地死去，并非心跳停止，而是这世上最后一个记得你的人，把你忘记。这样说来，死亡不是人生的终点，遗忘才是。

每个人都有自己不想忘记的人和事，除敬一丹《我不想忘》的文章之外，一众读者也曾将"我不想忘"的珍贵心事纷纷说与我们。

讲述者｜@红燕

我不想忘，出嫁那天爱人抱我上婚车，母亲在后面一路紧跟着流泪叮嘱的样子。

讲述者｜@可以

我不想忘，小时候一个夏日家里停电了，我在木凳子上趴着呼呼大睡，醒来时发现爸爸靠在凳子上轻轻地给我扇风，而他自己闭着眼睛，已是汗流浃背。

讲述者｜@不忘初心

我不想忘，小时候很少去理发店，头发都是妈妈剪的，当别人投来羡慕的目光，询问哪家店剪的时，我可以自豪地告诉他们是我妈妈。

讲述者｜@WanLi

我忘不了小时候和一群小伙伴追逐嬉戏时，把国营百货商店的柜台玻璃打烂了，别的小朋友都跑了，我却木讷地站在那里，被营业员领着回家要求赔偿五元钱，那时父亲的工资才几十元。但那一次，父亲竟然没有揍我……

讲述者｜@陆亻葭

我不想忘，当兵走的那一晚，外公高兴的模样，却没想到那是我与外公的最后一面。等我三年后回到家，外公已经去世一整年了，家里怕我分心一直瞒着我。虽然每次打电话都找不到外公，我也曾有所疑问，但从没想过他已去世。

邻居告诉我，我当兵第一年寄给外公的军大衣他一直穿着，见人就说是我寄给他的，天气转暖了还披在身上。这次回家我还专门带了军装，想穿给他好好看看，可是外公再也见不到了。我不想忘，永远也忘不了。

讲述者｜@木易

　　我不想忘，小时候爸爸借钱给我买了生日蛋糕，我们围着分吃蛋糕，留了一大块给妈妈，妈妈又把它留给了我们。

讲述者｜@阿珍

　　我永远忘不掉的一件事：我八岁的时候，有一天，妈妈生病了，我特别想让妈妈开心。因为没钱，我就和弟弟到刚刚放完电影的大礼堂，在一排排的凳子下面仔细寻找，看能不能捡到什么。终于在最后一排凳子下面捡到了一颗水果糖，我和弟弟兴高采烈地跑回家，把糖拿给了躺在床上的妈妈。

讲述者｜@Yilin妞儿

　　我不想忘，十七岁那年，第一次去北京求学，父亲送我去车站，为了赶回家的车，他必须在我上车前离开火车站。我催了好多遍他还是舍不得走，一遍遍地看手表，最后掐着点去赶车。临别前，他没有拥抱，也没有过多言语，只说了一句"自己小心"。看着父亲的背影，我想到了朱自清先生的《背影》，眼泪止不住地流，如今十几年过去，每每想起这一幕仍像是在昨天……

讲述者｜@木子

　　我永生难忘的一件事：二十世纪九十年代交通没现在这么方便，我那时常出差，每次出差，家里人都会送我去车站。那次出差，家里就七十多岁的父母在，冬天天黑得早，父母不放心要送我，我坚持不让。当我快走到车站时，迎面碰到一个熟人，他突然跟我说："你妈怎么在你后面？"我回头一看，果然是母亲，她就那样在黑暗中默默跟了我一路……

讲述者丨@陶

我不想忘，童年生病坐车去县城医院，因为晕车难受得掉眼泪，老爸看我难受，他也哭了；我不想忘，寒冬腊月挑灯做题，手脚冻得跟铁一般凉，老爸用腋窝裹住我的脚，一边凉了换另一边；我不想忘，儿时调皮说话顶撞了妈妈，气得妈妈要打我，老爸将我护在身后，给我打洗脚水送到房间，洗完又再端出去……

讲述者丨@琪玮

我不想忘，年少时，挽着爷爷的手走在晚间老家的路上一起看月亮的情景，我懵懵懂懂地问爷爷，我们走月亮是不是也跟着走。

爷爷说是啊，月亮会跟着我们走。

我不想忘，爷爷手掌的温度。

我不想忘，爷爷高大挺拔的身影。

我不想忘，爷爷唤我乳名的声音。

讲述者丨@蓝天

我不想忘，初高中那段有奶奶陪伴写作业的时光。

奶奶不识字，但周末我回家了，她总会静坐在我旁边，看着我写作业。这样的陪伴在我看来是无聊的，然而，奶奶觉得是快乐的，她会让我找一本书或一个本子，她边哼着歌边一页一页地数，有时候抬头望我一眼，笑一下。等我写完作业，她会告诉我，这一共多少页……不知有多少这样的日子，慢慢地体会到那无声的爱。

讲述者｜@我走路带风

那年我高三，同学们都在备考，我还在看小说。因为住校，有一次回家带了一本厚厚的小说，看完了就扔家里了，周日下午回学校，同村的小伙伴喊住我说："你妈说你走的时候没带书，让我给你带上。"

就是那本小说（老妈不识字）。

从那以后，我上课再没看过小说。

讲述者｜@蓑羽

我不想忘记。

小学的时候，经常和奶奶比身高，那时候奶奶每次都兴高采烈，主动要求和我比，因为她比我高，那时候她就是我的测量仪。

初中的时候，我已经长高，还和奶奶比身高。人老了之后身高会变矮，我每次都会向奶奶炫耀，奶奶也只是笑着说大孙女又长高了。

高中和大学时,再也不会和奶奶比身高了,可每次放假回家,奶奶还是会说:"又长高了吧。"

讲述者 | @咩

我小学三四年级的时候,有一次放学回家,碰到爸妈正优哉地在离家不远的路上走着,嘴里嗑着瓜子。那时正值黄昏,落日的余晖洒到他们身上,懂事以来的我第一次感觉到了幸福,心里觉得特别美好……要知道他们常年在外打工,有时过年都不回来。我爸妈一个性子急,一个没耐性,所以,这画面我一辈子都忘不了,直到今天,我都特别喜欢看暖暖的夕阳。

给生命的两头同等关爱

杨继红

> 最幸福莫过于子欲孝,亲还在;最无奈就是——亲还在,却认不出你是谁了。

1

我抱着襁褓中的孩子回家的当天晚上,父亲中风倒下了。

产假的100多天里,我几乎天天都会望见生命的两头:一边是一个阳光明媚的小生命一点点成长,另一边是一个苍老的但同样至爱的生命一点点灯尽油干。

令我终生遗憾的是,我和全家人,都是到了老父亲不能言语、不能识人、永不能再感受亲情的时候,才知道这种比"死别"更残忍的"生离"方式,叫作"脑退行性变化",也就是医学上所说的"阿尔茨海默病"。在中国,这种退变一直被叫作"老年痴呆症"。

患上这种病的人,过了60岁,退行性变化就不可遏止地开始了,男性可能更早一些,一旦开始,也许可以减缓,但不可逆转。

2

父亲是一个老军人,参加过湘西剿匪,跟着苏联人学过飞机驾驶和造飞机。我记得大学同学第一次见到爸爸的照片,禁不住一阵惊呼:"你爸爸长得真像郭富城!"他的确挺帅气的,年轻时候,拉得一手好京胡,唱得一口好京腔,写得一手好字,狂草,极其豪放。

小时候,父亲会骑一辆自行车,前杠上坐着哥哥和我,后面妈妈抱着弟弟坐上去,一辆车就这么载着全家人,骑到一个河边游泳,捉小鱼小虾。这几乎是我记忆最深的童年周末印象,我的父亲那么强大!

小时候,我曾经问爸爸,为什么晚上没有人走路了,路灯还亮着?多浪费啊。爸爸没有回答,他带着小小的三个孩子坐在一个偏僻的桥头,让我们数过路的人,我们数到特别困了,眼皮子打架了,他还是让我们再等等看。17、18、19、20……

那一晚上,有27个人经过那个荒凉的桥头,爸爸说,孩子啊,你们要记着,没有一盏灯会白白亮着,总有人在你不知道的时候需要它,它也总在你不知道的时候照耀别人。路上行人,正因为得到这样的照耀而觉得前途光明。

3

他第一次中风时，妈妈没有告诉我，那是2004年，我正在点灯熬油地准备考博。父亲发病时75岁，春夏之际，心脑血管疾病的高发期。等我考完试回家，他还躺在床上，告诉我："爸爸不能保护你了，以后要靠你来保护爸爸了。"

我一下子觉得没有了安全感。我们什么时候意识到父母老了？就是当你意识到他要依靠你，而你不能再依靠他的时候。

大概一个多星期后他就站起来了，我们全家也就松了一口气。

他第二次中风在2008年，当奥运圣火传递到我家乡时，他正看直播，突然就中风了。等哥哥发现时，已经间隔了40多分钟。后来我们才痛心地知道，这个病的送诊时间特别关键，患者的身边不能离开人。

躺在监护室里，他昏迷了两天两夜，醒过来之后语言还是自如的，但一直不能走路，又经过两个月的康复才慢慢会走路了。当时全家人都不知道他的病是阿尔茨海默病，只是从病征上知道叫"脑卒中"。

他回到家，也不跟我们说话。他会去关心表妹的男朋友、保姆家的小朋友，而不关心我。我跟老公拌嘴了，哭了，打电话跟他倾诉，他不接我的话，握着电话就是不说话。全家人都觉得他变得特别自私、冷漠，在心理上疏离了他。

他又新添了一个毛病，别人逢年过节送来月饼、茶叶这些东西，他当着客人的面翻开来看，看完，就把东西拿走了，弄得妈妈特别尴尬。客人走了，她跟爸爸生气，说了好多伤他心的话。

爸爸还变得特别斤斤计较，他跟我妈妈说，全家五个人，四个都姓杨，请你给我滚。妈妈哭着跑出门。她含辛茹苦一辈子没有任何怨言，老了，这个"最可爱的人"让她滚。她自己"滚"到宾馆里住着，天天暗自垂泪。

我知道了这事，打电话跟妈妈说："妈你回去跟我爸说，全家五个人，四个都姓杨，其中三个是我生的，要滚也是你滚。"我妈想通了，理直气壮地回去了。

那时候我妈妈才60岁左右，还是很年轻的心态，而我爸爸已经走入重度脑萎缩的退行性变化中，他的手开始颤抖，头会摇晃，我们还以为这是正常的，人老了嘛，他"老糊涂了"。

走路走着走着不知道回家了，他穿过一片森林，走到荒凉的铁路那边，回来以后跟全家人说，见到了表哥表嫂，其实他俩已经去世了。他说，"他们还请我吃饭，他们给我烙饼"，然后从兜里掏出来几块小石头……

4

父亲第三次中风之后就彻底卧床了，只剩下不到140厘米的身长，头显得特别大，整个人衰弱到不足80斤重。所有人都不认得了，掐他他也感觉不到痛了，他只有听到特别大声响的时候会扭头看一下。

看着他的时候，我经常想起那句话："不知魂神当至何趣？"我的父亲、得了这个病的父亲，他的魂神到底飘游到了哪里？

卧病5年多，父亲终于走到生命的尽头。在还能说话的最后时光里，他把我误看成是我的妈妈。他说："东阳（妈妈的名字）啊，这是没有办法的事情了，你要坚强，孩子们就只有你了……"

他说："东阳啊，你要把三个孩子带大（他忘记了我们已经长大）……不光要带大，要带成好人，教他们善良和有用，不然我们这一辈子就白活了。"这就是父亲给我们的遗嘱。

弥留之际，父亲几乎没有什么意识，甚至没有光感了，但是，看护他的黄姐告诉家人，他最后的有意识举动就是，每当《焦点访谈》《新闻调查》的片头片尾曲响起来，本能地望着声音响起的方向。

因为过去采访做节目有风险，我们都习惯了不告诉父母出差去了哪里，他们也都习惯了从片尾署名里找到我平安的消息。在我们满怀新闻理想满世界奔波忙碌的那些年，在我们远离父母在外闯荡的那些日子，父母的牵挂，其实片刻也未曾放下。

5

如今,我终于知道我们错过了什么。我们错过了父亲人生中最后的理性阶段,在这个阶段我们本可以给他人生中最温暖的东西:亲人的理解和陪伴。因为我们对这个疾病缺乏认知,而使得父亲最后的人生孤单而凄凉。

"阿尔茨海默病"最残忍的一点是"生离"。在他依然有生命的时候,他的理性和情感却退潮般一点点远离家人。

一个孩子是怎么成长的,倒过去就是一个老人怎么退化的。

孩子生下来要先会吃,老人最后只会要吃的了。

孩子随着成长,学会了要妈妈,老人也是,他特别害怕陌生的环境,他只愿意跟家人待在一起。

孩子随着成长,要在这一群孩子里面找认同感,要听表扬"真是个懂事的孩子"!老人也是,到了阿尔茨海默病晚期的时候,听不得一点抵触的意见,受不得一点刺激,就跟孩子的这一头也是一样的。

孩子随着成长,有了尊严、有了荣誉感、有了被肯定的需要,随着知识积累,有了逻辑判断、理性控制。老人恰是这样逆向地退行,退掉了荣辱感,退掉了理性与逻辑能力,退掉了行为认知、判断力,到最后退掉了亲情……

一个孩子是怎么建立起来从生理需求到社会需求的,一个老人就是怎么退行性变化退掉的——无论他之前是多么理性、多么智慧、多么有社会地位,他之后的退行都是绝对的、不可逆转的。

父亲四进ICU(重症加强护理病房)都坚强地回来了,因为他的心肝胃脾肾全是好的,而脑萎缩了;他的眼耳鼻舌身其实都是好的,但意识没有了!这是一种多么惨痛的疾病!

6

现在我全家都快变成志愿者了,呼吁和普及这个疾病的常识。有一个指标很拗口,叫"同型半胱氨酸"。55岁以上的男人、60岁以上的女人在做常规体检时,应该去查这个指标是不是高。如果这个指标高了,就应该高度怀疑是阿尔茨海默病或心脑血管疾病的高危人群。这个时候必须服用干预脑萎缩进度的药或者干预脑神经退变的药。

脑萎缩是不可逆的,就像人会长皱纹和长白头发一样,是一定会发生的,但为什么有人90多岁了一样很健康很正常?他的生活习惯好,自我锻炼好,药物干预好。如果我们从55岁、60岁开始就关注这个病,去重视这个病,就会大大延缓它的发病过程,我们才更有望获得一个有尊严的晚年。

我爸爸住院两年多,自费类药物和护理费用花了几十万元,这足以令一个普通家庭陷入经济困境,我们想呼吁对这个疾病的患者家庭给予更多的来自社会层面的帮助。

父亲母亲都曾经年轻过，而我们不曾年老过，我们应该知道他们走进暮年的时候，最需要的是什么，然后科学地给予他们，这是对父亲母亲的大孝。

中国已进入老龄化社会，如何让我们的父母活得有尊严，让我们的家庭多享受些天伦之乐，让我们挚爱的人，以及我们自己，能够有准备地走进暮年——这也是央视新闻推动"我的父亲母亲"公益行动的意义所在。

阿尔茨海默病小资料

(所引数据截止到2021年)

每隔3秒,全世界就会多一位阿尔茨海默病患者,目前该病的全球患者总数已经超过5000万人。

在中国,60岁及以上人群有1507万痴呆患者,其中阿尔茨海默病患者983万人。

在我国,由于患者及家属对疾病认识的局限,往往容易错过最佳干预时机。我国阿尔茨海默病患者从出现症状到首次确诊的平均时间在1年以上,67%的患者在确诊时为中重度。

如果不干预,阿尔茨海默病患者的生存期只有5—10年,该病会损害患者的语言能力、视空间能力、判断力等,增加患者遭遇意外的风险。到病程后期,患者往往需要卧床,容易引发褥疮感染、肺栓塞、静脉曲张等严重并发症,导致死亡。

阿尔茨海默病面临"三低"尴尬:认知程度低、就诊率低、接受治疗的比例更低。在我国,尽管病患群体庞大,但接受规范治疗的很少,就诊率可能不到20%。

一旦发现自己或家人有记不住事、不认路、算不清数等认知功能下降的症状,别当作"老糊涂了"而忽视,一定要及时到正规医院就诊。阿尔茨海默病,目前尚无根本治疗方法,但能预防和延缓。早诊断、早干预、早治疗,这是医学界对于阿尔茨海默病的一致建议。

惊天动地的爱，鸡毛蒜皮地给

每当母亲节来临，你在祝妈妈节日快乐、感念母爱伟大之时，有没有想过——她们到底"伟大"在哪里？

我们曾在一个母亲节前夕，向妈妈们发起了一个海采：你觉得，当妈最难的是什么？在此摘选一些妈妈的感悟，与你分享。当母爱具体到一字一句，答案，浮现了……

她们以"最难"回答了"伟大"。

讲述者 | 李卉

最难的是——太费钱了！

讲述者 | 虎妈

最难的是——要给孩子做个好榜样。

讲述者 | 美浪浪

传说中的"高需求"宝宝似乎被我赶上了，"小可以"月子里从早哭到晚必须抱着，而且哭起来撕心裂肺地动山摇。没见过世面的新手妈妈只能手足无措跟着崩溃。问月嫂，娃这么哭什么时候是个头，月嫂说没事，百天之后就好了。

新手上路的这五个月，还经历了喂奶乳头皲裂出血、娃湿疹、肠胀气、落地醒等各种考验……问身边的前辈们，得到的答案都是"大一点就好了"。

是不是听上去很简单？时间是解决一切问题的良药，但前辈们随后一句是"不过大了之后还有新的挑战"，又让人欲哭无泪。

所以，要问当妈最难的是什么，最难的就是不知道什么才是最难的，关关难过关关过。

讲述者｜二丁目

最难的是接受所有焦虑，然后把焦虑拦截在自己这里。好比筑一个水库大坝，然后水位不断上涨，但是没有出口。

很多时候抱怨、生气、变成"泼妇"都是泄洪的方式。不泄洪就憋出病了。

讲述者｜小鱼~小蟹~小虾米

作为一个职场妈妈，最难的恐怕就是孩子有事被随时随刻召唤，去的话工作放不下，不去的话孩子又放不下。

孩子成长过程中，会有很多第一次，大人可能觉得这是自然而然的事，但作为孩子，一辈子就只发生这一次的时候是极渴求妈妈能陪在身边的。特别希望用工单位可以理解并且给妈妈们一些人性化方案。

我曾经发过一个朋友圈——结婚前：爸爸上班，妈妈上班；结婚后：爸爸上班，妈妈上班+看孩子+做饭+洗衣服+辅导作业+接送孩子……

妈妈累不累，很多时候取决于有一个什么样的爸爸，爸爸要是成熟有担当，那结婚就等于多了一个帮手，反之就是多了一个更调皮的"大儿子"。

讲述者｜颖慧

孩子出生到现在，细想起来最难的还应该是他们开始探索世界，并随时开启"十万个为什么"模式的时候。

孩子总有很奇怪的视角和兴趣点，那些稀奇古怪的问题，一不小心就会戳中你的知识盲区！一方面想努力地满足他们旺盛的求知欲，一方面内心崩溃了几万次，好想咆哮一句："求求你快闭嘴，让老母亲安静一会儿吧！"

讲述者｜阿沐妈妈

做妈妈难不难？做两个孩子的妈妈难不难？那么，如果做一个即将幼升小、一个面临小升初的两个孩子的妈妈呢？

这，说的就是我！

和大多数妈妈一样，我在朋友圈总会晒孩子乐得合不拢嘴的照片，但这背后，是现实的人间烟火：需要细软的油盐酱醋，费力劳神的学业，大小闺女各自的小爱好、小心思也要细细思量，百般呵护。

哎，太"南"了！

话说，我妈也是这样把我带大的。一地鸡毛、满地找牙的时候，还是得找妈妈，快点过来帮把手！

讲述者｜杨子

最难的是——手心手背都是肉，疼谁更多点呢？

讲述者｜李轩妈妈

最难的是，孩子处于叛逆期，对成绩没有什么兴趣。不得不白天在公司上班，晚上在家里陪孩子学习。身体上的疲惫可以消除，但对孩子的忧虑难以停止。

讲述者｜一个北京的妈妈陈晓兰

如何关心孩子，是一个大学问。不要说高层次的心理沟通艺术等层面的问题，就是照顾平时的日常饮食都要有讲究。记得孩子小的时候，白天上一天学，一般到晚上才放学回来。我这个妈妈除了忙自己的工作外，每天的惯例是下午放学的时候，去菜场买新鲜的菜，今天鱼明天肉的，总以为一天没见到孩子了，晚上应该多烧点好菜让孩子吃个饱。

哪知道一天一天的累积，孩子给吃胖了。就这一件事，让我觉得我这个妈还是粗心了。

讲述者｜故园风雨前

我和孩子有一个共同的乐趣——散步看风景。我们常常一起在街巷胡同里散步，从他小学四年级开始，到现在已经六年。因为他大了腿长了走得快了，他要不将就我，我要想跟他齐头并进，就得鼓肺运气脚下发力闷头直追。我今年喘得呀，尤其是给他传授做人的道理的时候，正滔滔不绝描绘我当年风采，何其潇洒多么斐然，说着说着忽然就喘不上气，不得不瞬间掐了话头、口鼻并用拼命深呼吸，否则，人要出事儿。有时候刚开了个头就已经倒不过气，只能戛然闭嘴。我这体力不济真是太难了。

讲述者｜美丁

最难的是想要做好一个妈妈，同时还想做一个美好的女性。你会发现有时美与好不可兼得。想要工作好、娃好，就不太可能时时维持美而温柔的女性姿态。

讲述者｜一位普通的妈妈

最难的是——没时间做自己。

想离婚，看看孩子。想吵架，看看孩子。想离职，看看孩子。想发脾气，看看孩子。想偷懒，看看孩子。想臭美，看看孩子，自己带孩子的，可能平日想穿件漂亮衣服搭配个高跟鞋，看眼熊孩子估计也会放弃……可当孩子生病，当妈的就会想：只要不生病，一切都不是事！

讲述者｜高山流水

管得紧不行，放开手不行。孩子管得太严，缩手缩脚，胆小怕事，遇事就想依靠别人。放手不管，又怕成了脱缰的野马，刹不住。左右为难啊！

讲述者｜孙小雪

我觉得当妈最难的是控制自己的情绪。在他做事磨蹭的时候，在他听不见我说话的时候，在他生病不好好吃药的时候，在他任性耍小脾气的时候……我的感受都是，当妈怎么这么难啊！我努力控制自己的情绪，可常常收效甚微，于是耐心耗尽的我便会"爆发"，再之后又是无尽的自责……我曾经讨厌我的妈妈这样对我，但我却又用着同样的方式对待自己的孩子。当妈后，我理解了自己的妈妈，也要加油，成为更好的妈妈。

讲述者｜一棵圣诞树妈妈

小时候想让她快快长大，初中、高中担心学习成绩，大学离家千里之外担心她照顾不好自己，工作了又开始操心她的身体和个人问题。现在沟通比以前少了，可惦记的心情却增加了。

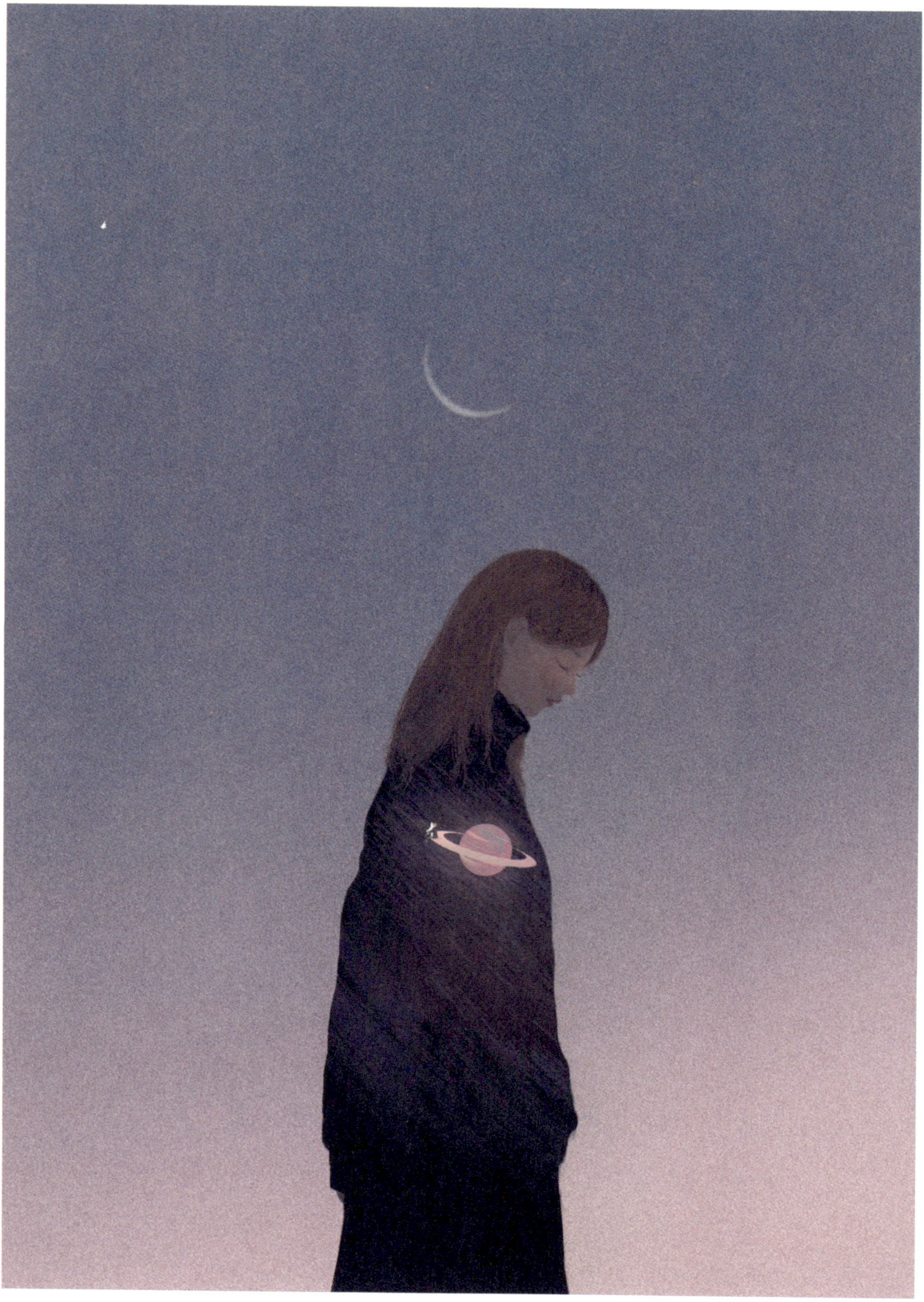

讲述者丨阿狸妈妈

当妈最难的不是孕吐、十月怀胎、分娩之痛、生娃不易、带娃崩溃；也不是失去楚楚少女的窈窕身材、兼顾自己事业与相夫教子的压力；而是在子女成年后，担心自己与他们的生活脱节，成为累赘和负担。

讲述者丨圆圆

孩子渐渐长大，成为一个社会人，她不再需要你的贴身照顾，她心中的话不再对你说，她的朋友圈不再为你开放……这种被需要的感觉慢慢消失了。孩子独立自强了，妈妈该高兴的时候，却更多的是不舍和失落，这种时候妈妈最难。

讲述者丨幽兰

我的两个孩子，一个在北京，一个在广州，平时工作繁忙。对我来说，最期盼的是，假期能见到我的孩子。孩子休假回家这几天，就像过节一样热闹。可时间总是好不经用，对孩子万般不舍，恨不得替他们扛下所有。分离时刻，眼瞅着孩子过安检、取行李、道再见，泪眼蒙眬地望着孩子的背影越走越远，那一刻心是空的，泪水几欲冲出眼眶……

讲述者丨李雪溦

当妈最难的是，知道人生不易，却无法替她去背负。有时候想想，她在未来里将经历的那些学业之重、生活之痛，就忍不住心疼。世间万种爱恋，唯有父母的爱是为了更好的分离。不管我有多不舍，我都终将站在她的身后，目送她一点一点远去；不管我有多心疼，她也终将步入属于她的人生，经历她必须经历的苦痛和欢喜。也许，我唯一能做的是永远守候在她的身后，只要她一回头，妈妈都在那里。

惊天动地的爱，鸡毛蒜皮地给，是过犹不及，是不知悔改，是百转千回，是甘之如饴。读完这些，心里仿佛发生了一场浅浅的地震，震出一句：尝尽烟火苦楚，方知母爱伟大。

以"最难"发问，撷取当下中国母亲生活图景的一个切面，为的是带你体认她们"伟大"的分量。因为只有当你走近她们真实的"最难"，才会懂得母亲何以"伟大"，才知道该给予一位母亲怎样的尊重、体谅、关爱与支撑。

她们，百分之一百，值得。

老来多健忘，唯不忘相思

这里有一个关于"思念"的故事。

拥抱、碰头、爱称"小猪"，这样的"言情剧"，在年过70岁的老巢和他的老伴爱荣之间几乎天天上演。2016年，爱荣患上阿尔茨海默病，老巢拼尽全力为她捕捉被偷走的记忆。后来因为疫情，爱荣入住的养护院进不去了，两个多月没见爱荣的老巢，边念信边擦泪，这个不怕死不怕病的老兵，却害怕老伴把他忘了。

之于老巢，思念就是"天天看你，天天想你"。他的长情，写在纸上，映在哭红的眼。

"我深知，只有我不倒，才能使你活得好一些，才能给孩子们减轻负担。我必须直面现实、直面人生，在人生的终点，愿奉献上我的身体，平淡而有意义，此生安矣。"

每天，之于他们，都是一场小型告别仪式。她，在一点一点告别自己的记忆。他，想要做她最后一个忘记的人。

在生活中，思念无处不在。不只老巢和爱荣，这里还有20个来自我们的读者有关"思念"堆叠的故事。

讲述者丨读者_c小晓翱

有一次妈妈鞋带开了,没等我们反应过来,爸爸直接蹲下帮忙系好。

讲述者丨西瓜君

"男人太累了,"我爸对我妈说,"下辈子你当男人挣钱,我当女人来带小孩,我们还在一起。"

讲述者丨我不叫索菲亚

有一次我爸的漱口杯坏掉了,我妈那个没坏,但是她也不用了,又买了一套情侣漱口杯回来。他俩从五六岁就认识了,真羡慕他们可以一起走过风风雨雨的四五十年。

讲述者丨温暖

去年老妈做心脏瓣膜手术,八十五岁的老爸一直在医院陪床,我们怕把他累倒了。做好手术的老妈被推进ICU观察后,我们想让老爸回家休息一天,可他说:"你妈不出来,我就不回家。"

讲述者丨绵绵

爷爷奶奶相携相伴数十载,风风雨雨,吵过闹过打过,不过我真的羡慕他们的神仙爱情。昨天奶奶还一脸傲娇地跟我炫耀:

"直到现在，你爷爷最喜欢的人还是我。"

讲述者｜栀子花瓣

我儿说，他爸对我是"晴天"，对他是"霹雳"。

讲述者｜一笑

"傻宝"——这是爸爸几十年如一日对妈妈的称呼。

讲述者｜L-qiao

奶奶眼睛看不见且卧床三年，爷爷从入院照顾至今。奶奶身体好的时候，爷爷感冒咳嗽难受，奶奶说了一句话："这个咳嗽我能帮你咳也好啊！"

讲述者｜小北North

以前没什么感觉，最近妈妈来我家了，因为我远嫁，然后我哥今天打电话说，爸喝多了，说妈怎么还不回来，还哭了……

讲述者｜Adore

记得我上六年级的时候，爷爷奶奶七十多岁了。奶奶过生日那天，爷爷起特别早，悄悄出门。我以为爷爷去买菜，谁知道他回来时捧了一束玫瑰，包装得特别美丽，给了奶奶一个惊喜。我现在都记得，奶奶笑得像个小孩子。

讲述者 | 樱花雪

　　印象最深的是每次吃饭父亲都会坐在母亲身边，因为母亲手抖不怎么夹菜，父亲总是不厌其烦地给母亲夹菜。三年前父亲过世后，我觉得母亲一下可怜了许多。

讲述者 | 雯雯wendy

　　小时候，加班后半夜回家的爸爸总会悄悄在床边叫醒妈妈："快起来，今天的加班餐有肉。"

　　妈妈睡眼惺忪地小声说："明早热热吃，快洗洗睡吧。"

　　爸爸一句："明早孩子起来，还有你啥份儿。"

　　也许就因为这句话，让妈妈在爸爸三十八岁车祸瘫痪至今快四十年，不离不弃相携相守。爱，从没在爸妈嘴边响起过，但却充盈在家的每个角落。我和弟弟现在家庭都很和睦幸福，一定是因为有这么相爱的爸妈。

讲述者 | 慧珠

　　我妈妈说她最快乐的一天，是和爸爸结婚那天。后来我问爸爸："你猜妈妈最开心的一天是哪一天？"爸爸想了想说："和我结婚那天。"

讲述者 | 薛晓钰

　　很久以前我开玩笑问姥姥有没有青梅竹马，她惊愕了一下，笑着摇头说没有，然后我转而去问一旁的姥爷，万万没想到平时沉默寡言的他会说有。我追问谁呀谁呀，他笑着说："近在眼前。"我故意酸酸地拖长了调"咦——"，看看姥姥，她脸上早已漾出羞涩的笑意。

讲述者｜吴艳丽

有一次哥哥嫂子吵架，嫂子赌气睡觉，哥哥出去了，带回来一只烧鸡，坐在茶几前一个人吃，也不叫嫂子。一会儿哥哥吃完了，也去睡了，嫂子偷偷起来找吃的，发现茶几上哥哥给她留的鸡肉都是她爱吃的，高兴坏了，也不生气了。这是嫂子讲的很多年前的事了，现在他们已是儿孙满堂，其乐融融。真正的爱情就是即使吵架，一样心里有你。

讲述者｜大头妈

老旧的筒子楼，我们住在五层，一九九二年，整个楼走廊的灯一直都没坏过。为了能给那个执意加班补贴家用的老婆一个一直明亮的楼道，那个男人，每天都要检查那些灯是否都亮着。

讲述者｜诗蕾

小时候过年，大年三十晚上到处放着烟花，很漂亮。妈妈在门外观看，爸爸从后面抱着妈妈一起看，当时觉得他们好浪漫好幸福。这个画面，这么多年一直在我的脑海里。后来爸爸瘫在床

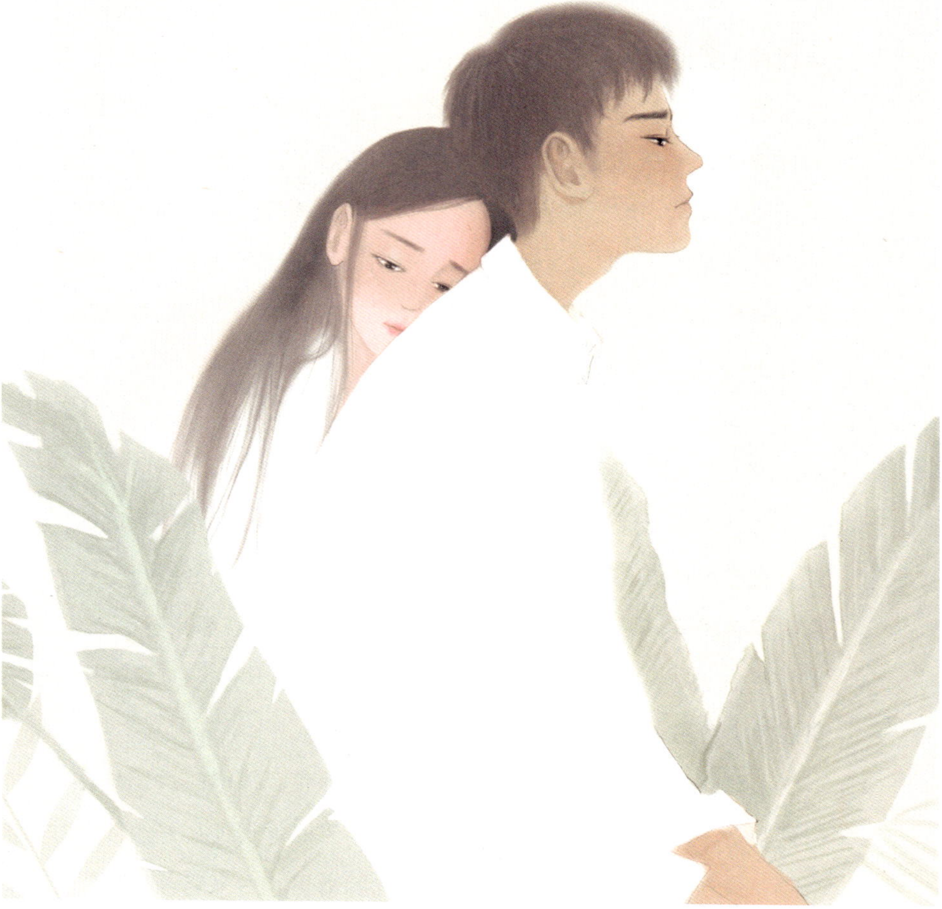

上二十多年，妈妈一直照顾，不离不弃。爸爸走后一年多，妈妈也生病离世了。他们，又可以在一起了。

讲述者｜吴丹

二十世纪七十年代，小孩子们白天玩累了，天一黑，就趴床上呼呼睡着了。一觉醒来，迷迷糊糊的，经常能听到爸妈轻声轻语地说话，坐在床上，倚着床头："白天的时候，谁谁来过家里，想找点糖票；谁谁家的儿子明年想说媒，得有自行车票；把家里剩的粮票换成全国粮票吧……"

听着听着，就又在爸妈说话声里睡着了。几十年过去了，现在每天还是喜欢听爸妈说话，喜欢二老把酸甜苦辣的生活平淡平静地说给我们听。

讲述者｜赵淑琴

掐指一算，我和老公结婚已经三十五年了。儿子女儿都已长大成人。虽然没有年轻的浪漫，但有了几十年情感的沉淀；没有了花言巧语，却有了彼此的依恋。最好的余生，莫过于，一年四季，一日三餐，一家人，简单幸福，不慌不忙，足矣。

讲述者｜SHANShannnnnnnnn

妈妈说自己长白头发了，让爸爸帮她把白发都拔了，爸爸却说："白发不能拔，这才叫白头偕老。"

可以的话，和爱的人多见面吧

  人间的面，见一面少一面。如果离别是难以避免的人生常态，我们能做的，也许就是，在每次分开时，都珍重一点，再珍重一点；在每次重逢时，都珍惜一点，再珍惜一点。

  每一个相守的时刻都很珍贵，包括离别的前一刻，尤其是离别的前一刻。

讲述者｜@小野

  2013年过完暑假返校的时候，我妈给我准备了很多东西，大部分是吃的，其中一样是她自己做的咸菜，装在洗干净的、以前不知道装什么的玻璃罐里，外面套了几个红色的塑料袋，怕漏。

  那时候我在上海刚上了一年大学，有一种奇怪的自尊心，觉得这些特产很土，会让我在那个摩登的环境里招致嘲笑，所以怎么也不肯带，进站前还在和她推搡争执。

  几年后我妈去世，我也毕业工作了。有一次感冒，只能吃稀饭，嘴里没味道，突然想起我妈做的咸菜，那么香，不知道怎么做的，她生前我居然从没想过问一下。

那是我妈去世后，我最想她的一次，这种想念里有很多突袭的痛苦和悔恨。

如果时光能倒流，我很想回到那次她送我返校的时候，我会把那罐咸菜抱在怀里，笑着对她说："吃完了跟你说啊，妈。"

讲述者｜@朱文

每次离家的时候，感情比较丰沛的那个总是我妈，她会有一些感性的表达，以及很多的叮嘱和很多的眼泪，所以，我跟她的"互动"也多。我爸总是很克制，几乎不说话，就一直在旁边看着，送着。

有一次上车前，我在安慰完我妈后突然对我爸说："抱一下吧。"

这个略显亲昵的请求显然让我爸有点不自在，甚至有点慌。见我坚持微张着双臂，他终于没有拒绝，快速地抱了我一下，手只在我的背上停留了一秒就飞快地松开了。我们就这样完成了一个别别扭扭的拥抱。

但从那以后，这成了我们父子间的一个离别仪式，说的还是不多，就抱一下。我们每次都带着爱分开，我觉得这样很好。

讲述者｜@何也

有一年清明回家，和父亲大吵了一架。

争吵的起因很俗套。我怪父亲只知道出去喝酒，一顿饭都不同我一起吃。父亲反将一军，怪我不回乡考公务员，漂在北京无所建树，不能让他在朋友面前长脸。两相争执不下，父亲拂袖出门，我则愤然订票准备回北京，最后被母亲勒令退掉。

　　几日后回京，父亲仍开车送我，一路无言。进站后，我忍不住扭头看了一眼，巨大的玻璃门外，是父亲专注又严肃的脸，莫名带着些渴求，他好像在质问我，又好像在哀求我：你在外面过得并不好，为什么不肯回来？你的父母就在这里，稳定的生活就在这里，你为什么不肯回来？

　　那一刻，他不是那个试图用权威压制我的严父，只是一个眼睁睁看着子女飞走什么也留不住的老人。我一下就哭了。这不是我要的分别——带着怨恨和沉重的心结，笼罩着狠话和争吵的阴影。

　　我希望我们能在相聚的时候，平心静气坐在一起说些话，或者推杯换盏一醉方休；我希望我能在离开的时候，载满珍贵的回忆，而不是充满心有罅隙的遗憾。

讲述者｜@甜辰

　　毕业那年，好朋友跟我说：" 你知道吗？我们已经和很多人见完人生最后一面了，接下来又要和另一些人见人生最后一面。"

　　我心里一惊，很快明白确实如此，我们就像那天上的云团，看似凝在一起，但大风一吹，就散了。这不是只在毕业上演的故事，它在城市的每个角落发生，人们来来往往，看似频频交集，共同缔造的也许只是"旅途中的一个曲折"。

被这种情绪裹挟着的我,在毕业典礼后哭得惊天动地,和所有人拥抱,真心实意地祝福每个人,即使许多人平时和我并没有什么交集。

可我知道,来日并不方长,这就是我的好好告别。

讲述者 | @沚凡

上大学后的每一次返校,工作后的每一次返京,都是父亲送我去车站。他拎着箱子走在我前面,我两手空空跟他走进检票口,然后接过行李挥手作别,这场景延续多年。

几年前有一次回北京,父亲在将我送进高铁站后,突然发来一条短信,他说:我觉得,以后我还是不送你了吧,我越来越老,再也不能每次眼睁睁看着你离开了。

父亲一直是隐忍含蓄的人,甚少向我表达感情,更从未这样展露脆弱。我看着短信,当下大哭出声,我终于明白,在我一次次不回头的离开里,隐藏着对一个老人怎样的残忍。

身为子女的我、长大成人的我、远离双亲的我,终于成了他的"不可承受之重",他决定用这样一个冷酷的方式"止损"。

讲述者 | @gsp

上学时背过无数文学经典篇目,十多年过去了,仍印象深刻的唯有《背影》。

刚上大一那年，在"十一"假期结束返校的火车里，我看着车窗外月台上父亲略微佝偻的身影，第一次切身体会到文中主人公的心酸。父亲是个情绪极其内敛的人，那天送我上车后便站在离车稍远的位置上一直看着我，手里拿着烟却是不动，满眼的不舍和心疼，看到我也在看他，只是用手示意我看顾好上面的行李，仍站在原地定定地看着我。

我从小到大一直是个个性独立的人，离家或出远门时往往是兴奋大于悲伤，唯有那次不同。父亲的神情和手势就像文中的橘子，凝结了他所有的情感，同时也让我泪崩，直到今天也无法忘怀。

讲述者 | @Ada

2017年，我去国外留学。临行那天，父亲好几次欲言又止，像是有什么话要跟我说，但最终又什么都没说，只在不得不分开时说了一句："到了那边要当心，钱不够要说。"

后来，我读美国作家塔拉·韦斯特弗的《你当像鸟飞往你的山》，里面有一段讲的是作者的父亲参加完她的毕业典礼，送她到机场，知道她已经下定决心要去英国剑桥大学留学。作者是这么写的：

"就在这时，我回头一瞥，看见爸爸还站在安检口目送我离开。他的双手插在口袋里，肩膀耷拉着，嘴巴松弛。我挥挥手，他向前走了几步，好像要跟上来。我想起了多年前的那一刻：当高压电线将旅行车盖住，母亲被困在车内时，爸爸站在旁边，一副无助的样子。

"我拐过弯,他仍然保持着那个姿势。父亲的那个形象我将永远铭记:他脸上的表情充满爱意、恐惧和失落。我知道他为什么害怕。我在巴克峰的最后一夜,就是他说不会来参加我毕业典礼的那一夜,他无意中吐露过。

"'如果你在美国,'他低声说,'无论你在哪个角落,我们都可以去找你。我在地下埋了1000加仑(约3785.4升)汽油。世界末日来临我可以去接你,带你回家,让你平平安安的。但要是你去了大洋彼岸……'"

我好像突然懂了那天父亲想对我说却没有说出的话。

讲述者丨@张早

我总觉得,离别时,除了表达爱,其他的都不必要。

我总觉得,人生里,除了平安,其他的都是点缀。

最要紧的,是和爱的人多见面。

杨绛先生在《我们仨》里说:"我曾做过一个小梦,怪他一声不响地忽然走了。他现在故意慢慢走,让我一程一程送,尽量多聚聚,把一个小梦拉成一个万里长梦。这我愿意。送一程,说一声再见,又能见到一面。"

离别,是个略带痛感的词,它意味着一个负载了自己很多情

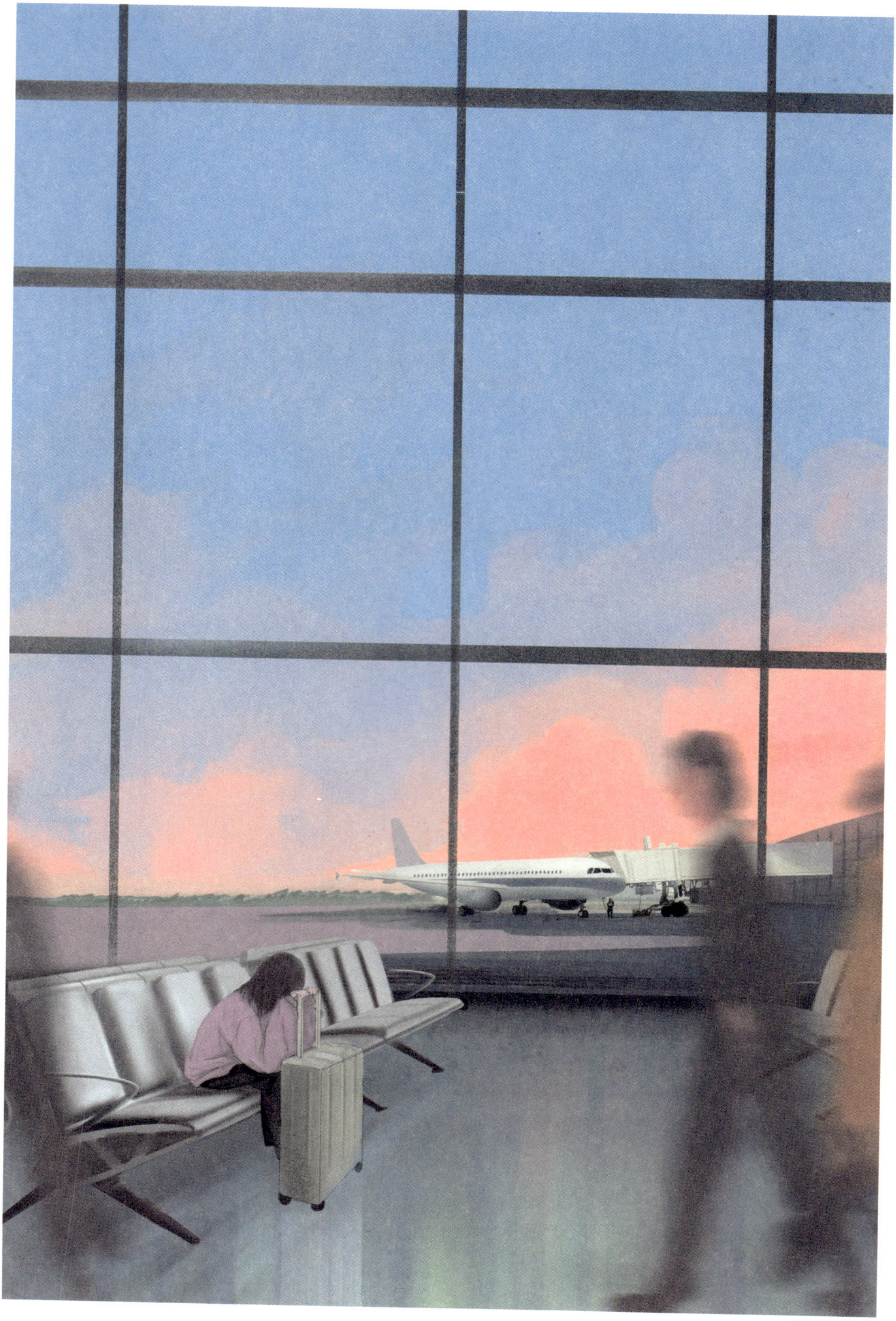

感和经历的人的离开,意味着一种或长或短的阶段性隔离,意味着接下来的日子要靠思念来填充。

可是,正如杨绛先生所说,"送一程,说一声再见,又能见到一面",惜取离别时,何尝不是另一种抓紧当下的"再见"。

如果人生是一个不断告别的过程,唯愿,离别有时,再见不远。

那个捧儿子"臭脚丫"的父亲走了

曹芳

  曹芳是一家自闭症儿童康复中心的校长,她用一篇文章记录了福州一名单亲爸爸与自闭症儿子的故事。除了令人泪流不止的父爱,她也让我们了解到一个亟待关切的特殊群体,并带我们走近了一千万个家庭的心酸。

"我能不能分期付款"

  "我能不能分期付款?"犹记得你和我说的第一句话。

  2017年,你带着儿子到学校找我,没有提前预约,自己在安安康复中心转了一圈,我端详着你,留着酷酷的"朋克"头,身着花花的彩装,看上去痞痞的,但干净也有礼貌,林昊添安静地跟在身后。

  你告诉我,你与妻子离婚多年,孩子多是你带,父子二人同吃同住,晚上也同睡一张床。话语间,听得出你对孩子很上心。如今为了生活,要开始工作,无法全身心带着儿子,家里父母也近八旬高龄，帮不上忙，希望能有专业的人来做专业的事，让孩子有个干净整洁的地方安置，你放心去工作。

我评估身后的昊添，17岁，170厘米的高个，看上去依旧是个孩子，坐在一旁玩手指头，嘴巴时不时发出一些不着边际的怪声，时间久了，耐不住性子会站起来跳两下，冲过来闻闻我的头发，又坐回椅子。

大概是感知到我的为难，你赶忙解释："我儿子喜欢看美女，特别是头发香的，都爱凑上去闻一闻，没恶意的。"

可怜天下父母心，考虑再三，我答应收下这个孩子，但是我告诉你，安安康复中心目前只能做到日间照顾，上午9点到下午5点提供康复与安放，下午还得接走。高兴没两分钟，你也犯难了，支支吾吾，原来你的工作是开网约车，晚上也得在外面跑，如果不是全托，也腾不出时间来接送。

我送你们父子俩出门，见你失落的身影，第一印象里那个嬉皮的样子，变换成慈父的形象，一个硬汉，为了儿子，心也变得柔软。我想起鲁迅《答客诮》中那句著名的诗："无情未必真豪杰，怜子如何不丈夫？"男儿只是有泪不轻弹。

自闭症家庭的心酸，天下皆同

我们互加微信，保持着联系。其间，你又来找过我几次，虽然都因客观条件，无法将昊添安置在安安康复中心，闲聊中我对你的处境也略知一二。

你开过网约车，也当过厨师，没人帮忙看护昊添时，你会带着孩子一起出去跑。开车时你让昊添安静地坐在副驾驶上，不是每个乘客都能理解这种情况，有的甚至拒绝上车，你也没办法，无奈又无助，也不过多解释，空车跑，一边掉眼泪一边听着昊添不时发出的声音。

"我觉得这都是命。"你倒没有抱怨，尽职做父亲，"上天安排谁头上，谁就得认。"

我总是静静听，想起许多年前，一个北京家长写的文章，父亲为了不影响家里其他人休息，带上孩子凌晨2点在北京二环内狂奔，孩子在车上酣睡，他的眼泪止不住地流，直到快5点了才回小区。

车子刚停孩子就醒了，父亲又累又困，也没力气发脾气了，想到8点又要去上班，他疲惫地说："孩子，让爸爸睡一下吧，爸爸真的很累，把手手给爸爸做枕头，让爸爸睡一下。"

他靠在孩子的手上就睡着了，醒来已是7点多。孩子的手一动不动让他靠了整整一个多小时。

这个故事在我记忆里深藏了多年，自闭症家庭的心酸，天下皆同。

生活的苦，你一句话都没说

今年元旦，昊添爸爸又来找我。

"我观察你们很久了。"你想把昊添送到放星家园，"我要求也不高，有一张床睡，有一口饭吃就可以了。"

"我能不能分期付款？"照例是这个问题，"实在没办法，我妈妈在住院，现在还要跑到医院去照顾她。爸爸马上也要住院，家里就我一个男人，还要带儿子，我根本没办法。"

分身乏术，加之经济问题把你压得很苦，但你从没有放弃，依旧是那个酷酷的大男孩，翻看你的朋友圈，发的都是练习玩打火机的小视频，关于生活的苦，你一句话都没说，只有那一簇闪着蓝光的小火苗一直闪烁着，仿佛燃烧着的是你对生活的希望。

2019年第一个星期日，林昊添进了放星家园。终于给儿子找到了安置场所，这次你开心了，却不知我是顶着很大压力收下的。昊添未经过规范训练，行为非常差，爱玩水，也爱吐口水，喝水喝进去一口吐出来一口，还爱吃鼻涕。为了照顾他，家园的所有员工第一天基本没有吃饭。老师、家长们私下都提醒我，下次再招孩子的时候，最好面试一下，做好准备再来。

你当然也知道儿子的问题，刚入园就私下写了十大注意事项给我，从吃饭、睡觉、喝水、如厕、刷牙、洗澡、撕纸……生活的方方面面，事无巨细。

"主要是怕新的环境新的老师，遇到问题一直问你。"你很怕麻烦别人,能想到能做到的,总是先跟我说,"我每周都会去看他,带给他爱吃的水果和小零食。记得叮嘱老师不要让他看见,隔段时间给他,不然一口气就吃完,还会翻箱倒柜找,没完没了。"

"孩子能正常,我先走也愿意。"

昊添在家园的表现慢慢也有好转,虽然偶尔还吐口水,但很多坏习惯都改掉了,可以说已经融入放星家园这个大家庭。你与其他家长们的关系也处得很好,在微信群里时有互动,分享孩子的状态。

有一次,曹舅带孩子们锻炼回来,排队换鞋洗脚,他把鞋子整齐排在屋外走廊晾晒,拍了张照片发到微信群,竟然引发了家长们的大讨论。

你特别激动:"自从来到家园,我儿子的脚就没臭过。"还强调,"我自己带儿子也不过如此。"儿子的臭脚丫让你这位尽职尽责的父亲着实吃了不少苦头。

"之前其他机构老告诉我,说我儿子脚臭。"你却纳闷,自己带的时候不会啊,抬起来闻过,也没有。你怀疑是不是鞋的问题,为此还特意换了三双鞋子,最后才知道,原来是因为在机构里没洗脚没换袜子。

令人哭笑不得，孩子也不会说，可我却从捧儿子臭脚丫这个细节里，看到一个父亲对儿子事事关心，面面俱到的爱。哪怕再忙，你也决不允许自己儿子身上出现半点小瑕疵。

你有一套自己的生存哲学，知道如何在与孩子的生活中，在与自闭症无休无止的"抗争"中，让自己变得坚强："经典电影《拯救大兵瑞恩》很多人观后，会问拯救一个瑞恩，花了那么多人力物力财力，甚至生命，值不值得。其实作为每一个自闭症的家长，都想拯救自己的孩子。如果孩子能变正常，哪怕就算一天一千或两三千元，哪怕砸锅卖房，只换来他几年甚至几个月正常，我相信每个家长都会去做。因为在我们心里，他都是最棒的，没有值不值得。即使是生命，如果让我们立马先走，他能正常，也愿意。"

你会是天上最亮最酷的那颗星

我们都欣赏你这样善良尽责的父亲，新年伊始，我对你说，你天天跑来跑去的，哪天闲下来时，和你儿子拍张全家福吧，正式点。"好啊，好啊，确实没几张好看的合照，找个时间好好拍一张。"你高兴地一口答应下来。

3月9日夜晚，你还在微信群里分享与儿子之前合影的生活照，并发表了对影片《拯救大兵瑞恩》的看法，引来了家长们的

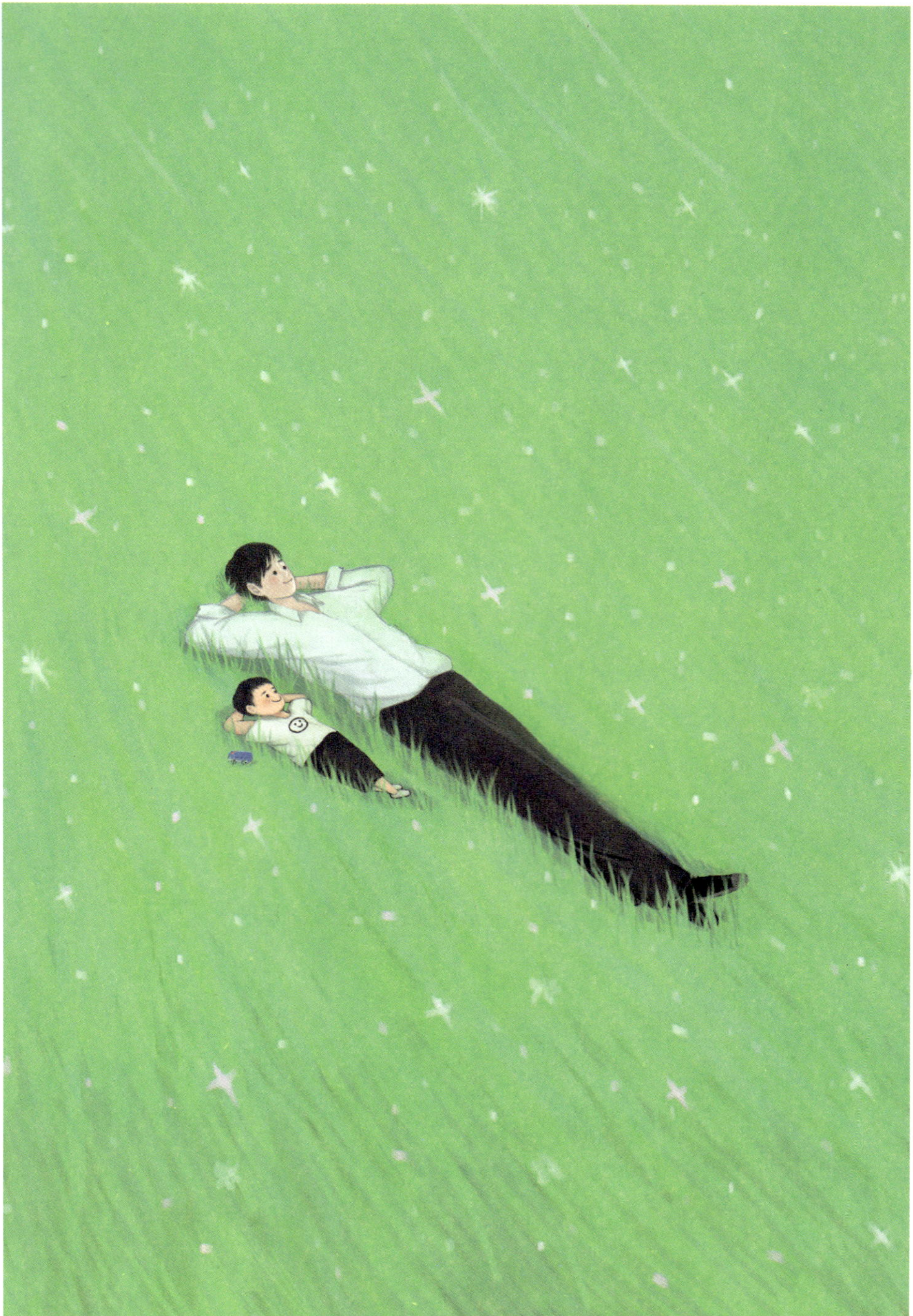

认同附和。谁也没想到，竟一语成谶。

约定好的全家福合照还没来得及拍，3月10日就传来你猝死在工作岗位上的消息。你身份证上的生日是：林熙，1977年2月15日。才刚过完42岁生日没多久。谁也不愿意相信这个结局，那个善良的父亲竟以这样的方式离开，可事实却如此冰冷。

这两天，我翻看你的微信，头像选了一张你用帽子遮住上半张脸，嘴上叼着一根烟的黑白照，还是一副酷酷的模样。我突然想起，你总是那么酷，那么充满朝气，也许是希望表现给自己的儿子看，生活尽管有那么多不顺，还是有很多值得努力的地方。

就像你朋友圈里发的那些打火机小视频，你能以很酷炫的方式点火，那些幽幽的蓝光在你令人眼花缭乱的转动下就凭空出现，摇摇晃晃地闪烁着，只是此刻我看到的却是冷冷的冰火。这一点都不酷，你肯定也不愿意，留下80多岁的父母与18岁的自闭症儿子，却没有告别。

但我想给你安慰，同样经受生活磨难的作家史铁生曾说："地上如果有一个人死了，天上就会多一颗星，因为它要给活着的人照个亮。"

我不知道你能不能接收到，当我们抬头仰望星空，你是天上最亮最酷的那颗吗？

我相信你会是，你肯定会拼命发光发亮，照亮着地上的星星的儿子吧。

自闭症小资料

(所引数据为2019年数据)

自闭症,远比你想象的更可怕

"最近自闭了",也许我们在生活中会不自觉地用"自闭"二字来烘托自己的情绪和处境,可实际上,说得出口的"自闭"与真正的自闭症无关。

自闭症是一种因神经系统失调影响到大脑功能而引致的终身发展障碍,症状在三岁前出现,患者多为儿童,其特征为社交互动能力缺失、言语和非言语沟通困难,行为、兴趣和活动有限和重复。

很遗憾,目前病因未知,全球还没有预防和根治自闭症的方法,只能依靠早期诊断和早期干预治疗帮助患者一点点改善生活。

自闭症,中国乃至世界无法回避

自闭症是世界上患者人数增长最快的疾病之一,目前全世界约有6700万患者。全球每160名儿童中,可能就有一名自闭症患者。

据不完全统计,中国目前约有200万自闭症儿童,自闭症群体超过1000万人次,且每年仍呈爆发性增长。其中,九成以上没有得到有效的康复训练。

联合国将4月2日定为"世界自闭症关注日"(World Autism Awareness Day),以提高人们对其的关注。

为何称他们为"星星的孩子"

有眼睛却不与你对视,有嘴巴却不愿交流,有听力却似充耳不闻,有举动却总与你的期望相违……自闭症患儿就像天边的星星,在遥远漆黑的夜空,独自孤独闪烁,故而常被诗意地称作"星星的孩子"。

这一点,请家有萌宝的父母务必注意

北京大学自闭症治疗专家易春丽指出,在很多案例中,有些两三岁前不说话的孩子只会被家长认为比较"孤僻",有些则被认为是性格"内向"等。研究发现,只有9%的父母在注意到孩子的一些不典型症状时会及时寻求诊断,大多数家长因未采取行动,可能错过自闭症干预的关键时机。

请患儿父母学会疼惜自己

患儿父母常常把目光放在孩子身上,而忽略了自己。在此,我们也特别提醒焦虑、操劳的"星爸星妈":照顾孩子的同时,自己可别"自闭",接受专业人士的建议,促成良好的养育方式,也学会调节好身心。作为孩子的"守护神",如果父母身心出了问题,家庭势必会面临更多的困难。

期待更完善的社会保障系统,让患儿及家属过上平等有尊严的生活

自闭症患儿的诊疗和康复,会给家庭造成沉重的经济负担。专家介绍,养育一名自闭症儿童,家庭每年的支出要比当地平均支出水平高出60%—70%,其中超过一半的支出费用被用于儿童的行为治疗上。和养育正常儿童相比,养育一名自闭症儿童,家庭每年平均多支出19582.4元人民币。期待更健全的涵盖医疗、教育等方面的社会保障系统，来减轻这部分经济负担。

不歧视，就是我们的温柔

不歧视，就是我们能给予的最基本的尊重，也是对患儿及家属的鼓励。此外，我们能做的还有：

加深对自闭症的认识，多些体谅和支持，避免因误解而错怪。

如果有能力，关注一些公益项目，扶持那些亟须救助的家庭，提供机会帮他们融入社会。

不把他们当作怜悯的对象，以平等的爱去关爱他们。

这世间最大的遗憾，是不曾好好告别

人这一生早晚会遭遇告别，告别让我们成长，学会告别让我们成熟。而无论是主动地选择，还是被动地面对，告别多少有些伤感，但是告别也蕴藏着希望。

每一段告别的背后都有故事，一段又一段的告别，构成了人间百态。

有些告别，定格在未完成

讲述者 | @大鱼

爷爷临走时，我因为工作方面的问题未能赶到他身边。一直以来，这都是我内心无法愈合的伤口。我觉得自己没有跟他完成告别，我还有好多话没来得及当面和他说，我想他内心应该也是这么想的。爷爷和我，曾是这个世界上最亲密的人。

有些告别，是不离不弃的陪伴

讲述者 | @卡卡

去年年底，养了23年的老猫走了。在此之前，它的身体已经出现各种衰老的迹象，但我们一起撑过去，创造了一个又一个小奇迹。临别时，我最后一次给它做了身体的清理，尽量让它和生前一样漂亮，也留了一撮毛装在小瓶子里留念。它是超有个性的喵，在另一个星球上，应该会对这次体面的告别满意吧。

有些告别，在讲述中慢慢释怀

讲述者 | @佳霖

外婆是一个多愁善感的人，外公去世后，他在外婆那里就成了一个禁忌的话题。但我知道，任何沉痛都需要出口，外婆还没有找到她的方式。

一次家庭聚会，她翻出尘封很久的相册，突然打开了话匣子。说到她和外公在工厂认识，外公是个带着冲劲的小伙子，在工厂里一身傲气，谁都不服，但唯独只听她的话。外公还爱跟她吹牛，会给她写信。她还提到了过去困难的日子，说当时家里穷，吃不起饭，外公就下田里给她抓螺蛳吃。

这个过程好像是在完成一种让自我放下悲伤的说服。这些交流完成之后，我觉得这么多年闷在外婆心里的一个心结解开了。

有些告别，带着后知后觉的遗憾

讲述者｜@李满超

我爸去世后我常常后悔，为什么我总习惯打击他暮年的那些想法、理所当然无视那些愿望……总跟他说"拉倒吧""想啥呢""再说吧"。而想想小时候，我说喜欢打台球，他二话不说就往家里买台球案子。

时光让人慢慢认识到，自己曾有过的种种不经意的愚蠢，总是追悔莫及后才懂珍重。

有些告别，仍努力平静地活在当下

讲述者｜@念琪

医生跟我说母亲只剩半年左右的时间时，我蹲在走廊失控地哭了好久。回到病床前，妈妈好像明白了一切，把我拉到身边，平静地说：恐惧才是人生中最糟糕的事情，恐惧才是真正的敌人。生病只是一种不同的人生经历而已。

她是那样沉着通达，即使在最难受的时候，也在照顾身边人

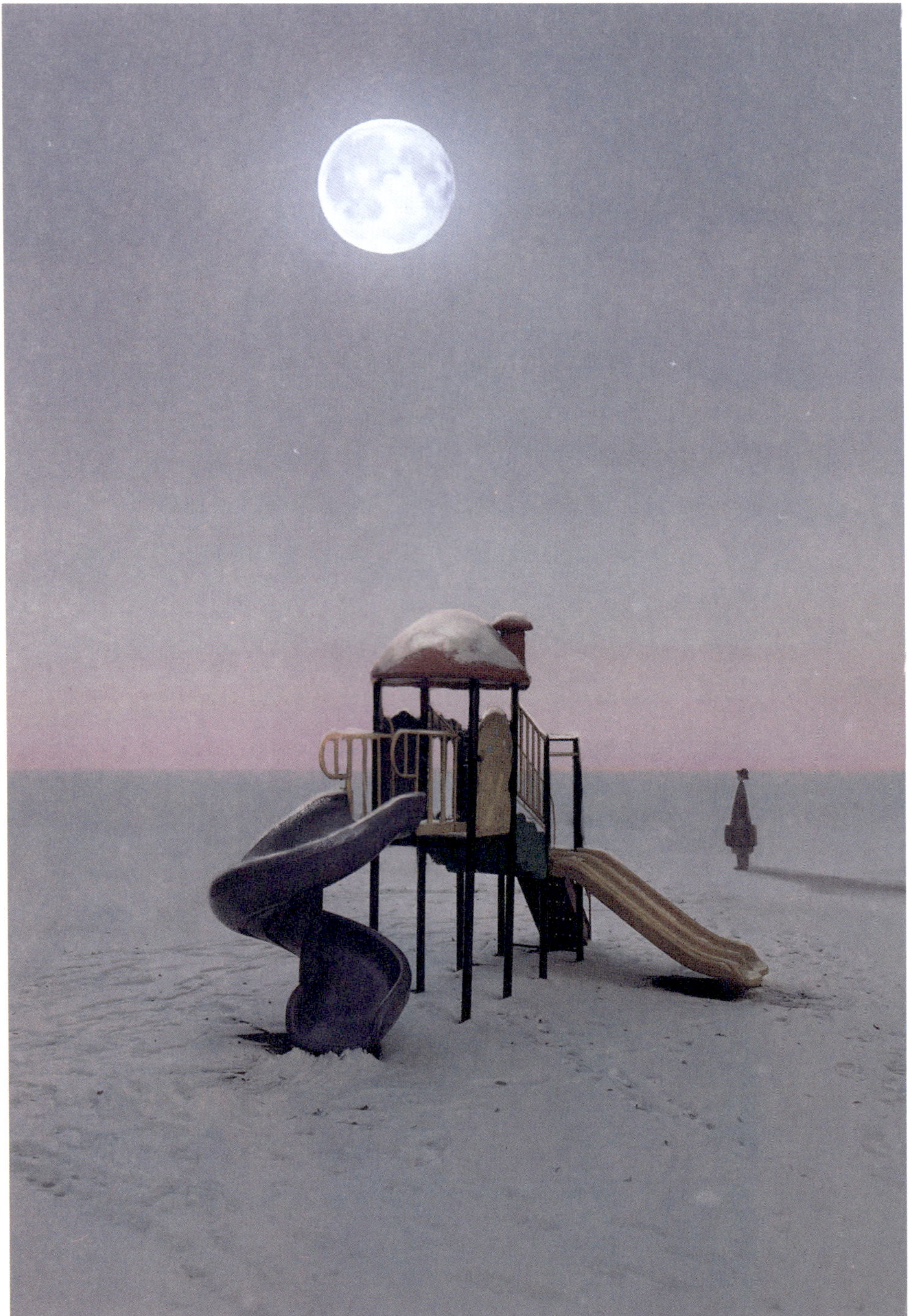

的感受。医生夸她是"模范病人",能在"乐观和现实之间找到健康的平衡"。而母亲也确在最后的日子里,给了我最好的生命教育:即使明天的扫描结果不好,此时此刻能和家人守在一起就是特别美好的一天。

关于告别,每个人有自己的理解

讲述者 | @Karen

我从小爱看科幻电影,一直相信在未来人类可能有技术能让去世的人"回来"。想到至爱只是去过一个悠长无虑的假期,我反倒为他们开心起来。

讲述者 | @潇潇

真正的分别到来时,我不希望身边的人对我保守秘密,强装笑容演一场戏,这会让我们在生命的最后时刻无法坦诚相对,让伪装和善意的谎言隔绝彼此,也浪费了宝贵的准备时间。

讲述者 | @笛

在网上申请了遗体捐献,让有用的器官继续在人世发挥余热吧。离开好像也没有那么可怕,可能还留有遗憾,但我接受这遗憾。

讲述者｜@阿峰

知道告别并不可怕，我们就能更好地规划告别。活着不是纯粹为了延长生命，生活的质量更加重要。这事关我们自己，也事关我们所爱的人。就像樱花完美绽放时，众人都记住了它的辉煌，而它终归凋落时，我们也要为这场伤感的谢幕送去尊重与祝福。

讲述者｜@姐

告别是一条提醒众生的红线：想做就去做吧，别等。

讲述者｜@~Y

"普通人的人生"，其实已经是属于少数人的很幸运的人生了。我们是各种意义上的幸运儿。真的，要好好活着。替到不了明天的人，好好热爱生活，好好投入生活。

写在最后

米兰·昆德拉说："这是一个流行离开的世界，但是我们都不擅长告别。"

我们总以为，每一次的争吵和冷战，每一次的拉黑与删除，都还有回旋的余地；我们倾向于把想说的话、想见的人、想做的事，留给"明天""以后"和"下次"；我们也频繁逃避告别，在"不被主观意志改变"的事实前,丢了面对的勇气与坦然。

可是,很多人,很多事,一转身就是一辈子。谁也不知哪一次不经意的迟疑、等待、挥别之后,就再也没有机会修补遗憾。爱,需要及时表达,太多时候,只差一秒,心声已无法言说。等到我们发现错过的一切再也无法追回,才会清醒地意识到珍惜的意义。

那么,何不从现在开始,如"最后一次"那般好好珍惜身边的人,用力去爱,全情去付出,无遮掩地去表达心意。纵有离别,也能释怀地说再见,毕竟,我们还能在漫长美好的回忆中无数次重逢,无数次相拥。

我们身上有个不可战胜的春天

郭 静

2020年1月23日,武汉"封城"。4个月后的这一天,迎来"31省区市首次确诊病例0新增"的好消息。来之不易的零,凝为与武汉有关的一滴泪,从此挂在我们心上,折射出那些刻骨铭心的时日。120天,很难,很远,但是很暖,我们走到了。

故乡

武汉——我不喜欢这座城市,街上太吵,夏天太热,生活在这座城市的每个人都脾气火爆,好端端的话说出口就凶巴巴。在这里生活了32年的我没学会说武汉话,学不会,也不想学,因为觉得我不属于这里。然后,那一年,我真的离开了。

"只有离开故乡才能获得故乡。"这话,我是很多年后才有体会。

决定

2004年调入中央人民广播电台后，尽管主持过很多次突发灾难事件的直播，但我一次都没去过前方。我心里很清楚，随着年龄增长，这次派到我头上的概率怕是更渺茫。

2020年1月22日我轮休。上午，一个人坐沙发上刷新闻，越看越觉得武汉形势危急。我想起武汉的那些朋友，想起或许很快，年轻的同事就要出发了，他们去了会遇到哪些困难？我袖手旁观会是怎样的心情？

越想，越按捺不住，我拿起手机，给领导发了条微信："如果武汉那边需要，我可以去。"写完扫了一眼，没用任何表情，也没有一个惊叹号。不想让一件明知成不了的事最后成为一种高调表态，所以，有事说事，不掺杂一点多余的情绪。

意想不到的结果，半小时后到来。领导连发三条信息，简短又明确："马上准备去""李总同意了""你带队"。

伤城

我还记得那天夜里走出武汉站，天正下着雨。雨不大，可不知为什么，我的衣服和背包却很快被淋湿了。火车站前，光影闪烁，沿街店铺的广告灯箱都还亮着，但看不到人，每扇卷帘门紧闭，街上空荡荡的，听不到一点声响。

我们乘坐的那辆商务车孤独地行驶在高架桥上，从车站到酒店，几乎没有见到第二辆车。路面被雨水浸得颜色更深。在浓浓的夜色里，我们像是闯进了突然被施了咒语、停滞在某一刻的诡异世界。我住在酒店的20层，窗外是一片片住宅小区。透过玻璃窗向外眺望，依然万家灯火，但你不知道，那一盏盏灯光后面，是谁，他们在经历什么。

更强烈的恐惧感不在黑夜，而是来自白天。第二天上午，当我发现偌大的城市，白天和黑夜一样寂静无声，那种熟悉的陌生感才真正让我意识到，一些原本熟视无睹的东西，真的被抽走了，被改变了。太阳依然升起，但千万人口的大都市，人，却似乎集体消失了。我见过武汉的很多面，但从来没有见过它的这一面。站在窗前，阳光刺眼，不知不觉，已泪流满面。

牵绊

那是人人自危、草木皆兵，也的确危机四伏的时刻。每天听到的坏消息太多了。来武汉的第一天开始，就整宿整宿睡不着。

我们要去医院，看紧急改造的病房还要几天才能投入使用；我们得进社区，看"封城"后人们生活有哪些不便；我们迫切想知道，那些不幸感染上病毒的人到底有多少？他们在哪里？他们在经历什么？在这座城市表面的静默下暗藏着怎样的凶险和多少撕心裂肺的诀别……

我需要尽快打通和这座城市的血脉联系，闺密、好友、亲戚、同事、同学……所有的人脉都被调动起来，所有的人际关系都变成工作关系。1月27日夜里，不少市民打开窗户高唱国歌，高呼"武汉加油"，一群同学、好友给我发来几十条短视频，看得我热血沸腾；有人把我拉入小区业主群，让我"潜水"，听业主讨论小区消杀是否走过场；我还被拉进滞留在武汉的外地人群，了解他们食物从哪里来、晚上睡在哪里、有没有人感染、谁在帮助他们……我听他们的团购故事，了解透析患者就诊的艰难，每一次情绪的宣泄和反应，都有人把你当最好的聆听者。

我从来没有觉得，我和这座城市里那么多人那么近距离地在一起。虽然大家都戴着口罩，虽然很多人素不相识，虽然相识也无法见面，虽然见面摘下口罩也可能觉得陌生……在这座举目无人的城市，很快，我们竟是这样的感觉：不孤单，不是我一个人。即便在最艰难的那些天里，你仍然能感受到人与人之间的相互支撑。

不少求助信息，最初来自熟人。同学的同事、同事的朋友、朋友的邻居……几乎每个人都加入了这场救援。不是简单转发，而是始终关注进展：你帮他反映了吗？有消息吗？住进医院了吗？这些辗转而来的求助，在我这里又成为辗转而去的请托：宣传部的同志、打过交道的官员、刚认识的医院负责人……能帮一个是一个，所有人都是一样的心愿。

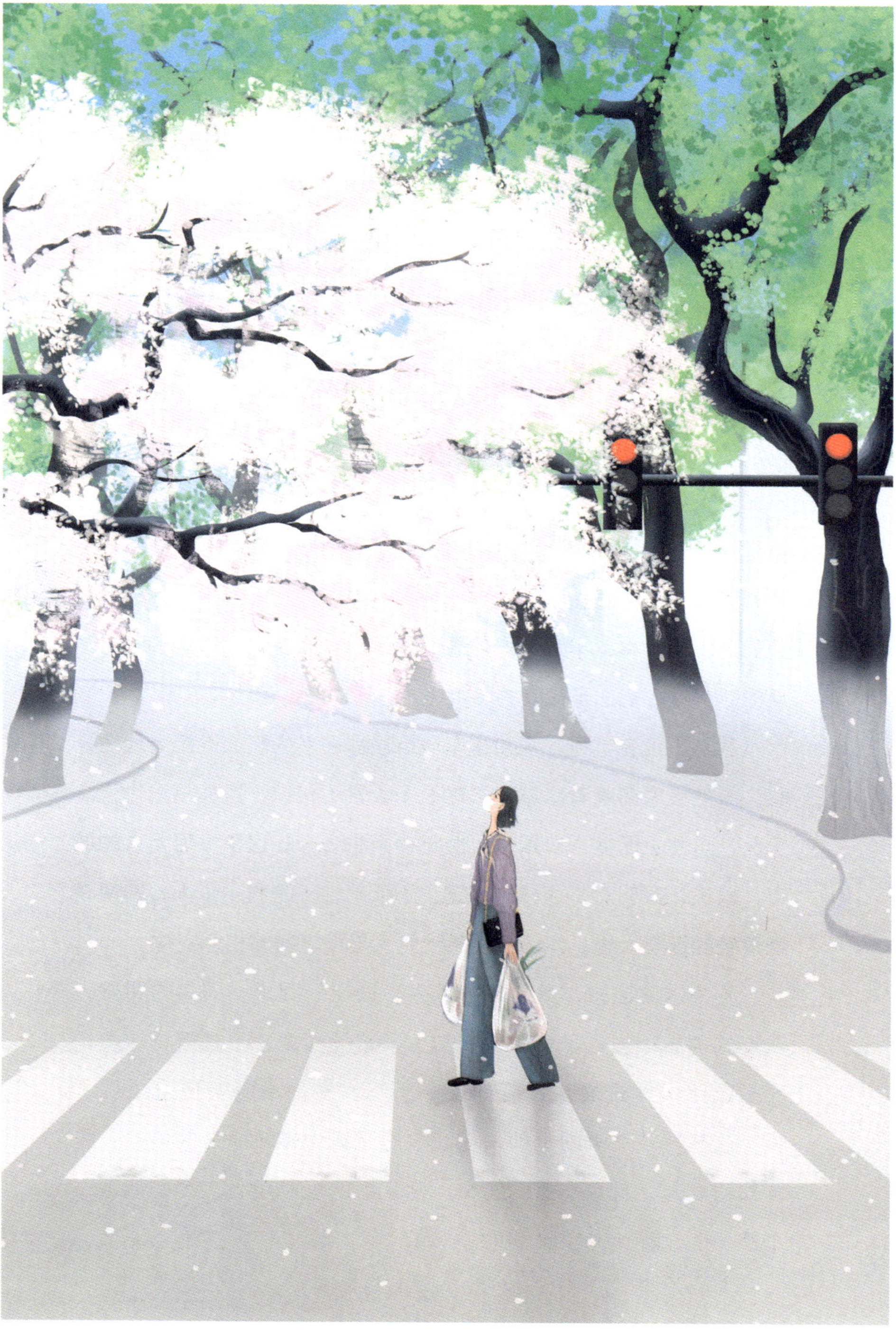

凡人

一位姓薛的大姐,她的姐夫是疑似病例,但因排不上核酸检测也没有床位,大年初一起在医院留观。直到第9天,政府新征了一批集中隔离点,好不容易社区给了他们一个名额。为赶在夜里12点前将病人送入隔离点,十几年没开过车的她,穿着外甥女不知从哪弄来的一身防护服,勇敢地拉着姐夫、姐姐就往隔离点冲。那天半夜,当我们在隔离点外遇到她时,她正发愁,因看不懂导航,不知道回家的路。我们让她跟着我们的车走,才把她带到熟悉的地方。她真是太久不开车了,一路上,竟忘了开车灯。

如果是平时,一家人如此帮忙,你不会觉得怎样。但在凶猛的、未知的传染病面前,这位薛大姐,让我钦佩。

汪勇原是顺丰的一名普通员工。疫情期间,他凭一己之力,弥补了政府起初覆盖不到的医护人员诸多生活保障的空白。采访他的那个晚上,我不停感叹:如果不是这场疫情,我们不会认识汪勇,甚至他也不会认识自己。汪勇的领导力和执行力太强了,他是天生的CEO。

记得采访时我曾问他,解决了医护人员出行和吃饭的难题后,他再做什么?他反问我:"你们酒店有凉拖吗?"看我一脸不解,他说,酒店有一次性拖鞋,但通常没有凉拖,他问我:

"你每天洗澡怎么办?""光着脚。"我有些不好意思。出发时匆忙,平时出差常带的人字拖这次忘了带。

他说:"医护人员不能像你这么不讲究,所以我到他们驻地搜集第一轮需求,反映最多的是凉拖和指甲剪。武汉已买不到,我得想办法到别处买。"

这只是那晚我们谈话的一个片段。没想到,隔天,我在酒店突然接到一个陌生的电话:"我是汪勇团队的,就在你们酒店楼下,给你们送了点拖鞋和指甲剪。"

他没有提前告诉任何人,就这样给我们送来了一箱凉拖和一大包指甲剪。

我当时正好有北京和湖南的同事辗转捎来的3D护目镜和防护服,原本打算到哪家医院采访就给带过去。采访那晚我曾请教过他,捐哪里好?他给我分析:"方舱、雷神山……政府补给充足,这是第一梯队;协和、同济、金银潭……社会捐赠主体,这是第二梯队;但像普仁、武钢总医院……你听说过这些医院吗?你知道他们的情况吗?"

我懂了。我说好,那我们这些物资就拜托你帮我们捐到最需要的地方。

所以,收到他送来拖鞋和指甲剪的那个上午,我把这批防护服和护目镜交给了来送货的师傅,看他收条上的签字字迹娟秀,我随口问了句:"您平时是干什么工作的?"

"老师，英语老师。"

为什么好人认识好人？因为他们本就是同道者。

我还采访过被称为方舱"小品哥"的夏斌。在疫情最艰难的时刻，他和病友用演小品的方式反映方舱生活，让人们紧张的神经得到舒缓。

但很多人不知道，在夏斌乐观阳光的形象背后，却有一个凄婉的故事：他的妻子岑朦2019年11月被查出患上极其罕见、凶险的高钙血症型小细胞癌，在医院接受手术期间，夫妻俩被感染上新冠肺炎。为让独自在医院治疗的妻子放心、开心，夏斌开始演小品、拍视频。

我是把夏斌约到酒店来采访的，采访完正是午饭时间。我请他到酒店餐厅一起吃点东西。起先，他有些腼腆，说"不必了"，我说去看看。结果看到有甜点，他喜出望外，说妻子念叨过几次了，想吃蛋糕，正愁没地方买。我给他装了满满几盒，他一再问："合适吗？合适吗？"看着他喜滋滋拎着饭盒离开的背影，我心里复杂极了。

心里很苦的人，只要一丝甜就能填满。

我从来不知道这座城市有那么多可爱的人，他们普通又非凡。以前只觉得武汉人脾气直、火气大、不好惹，却不知道他们如此扛得住压力、下得了决心、做得了牺牲、受得了委屈……即便什么都不做，那些天就待在家里，都是可敬的。

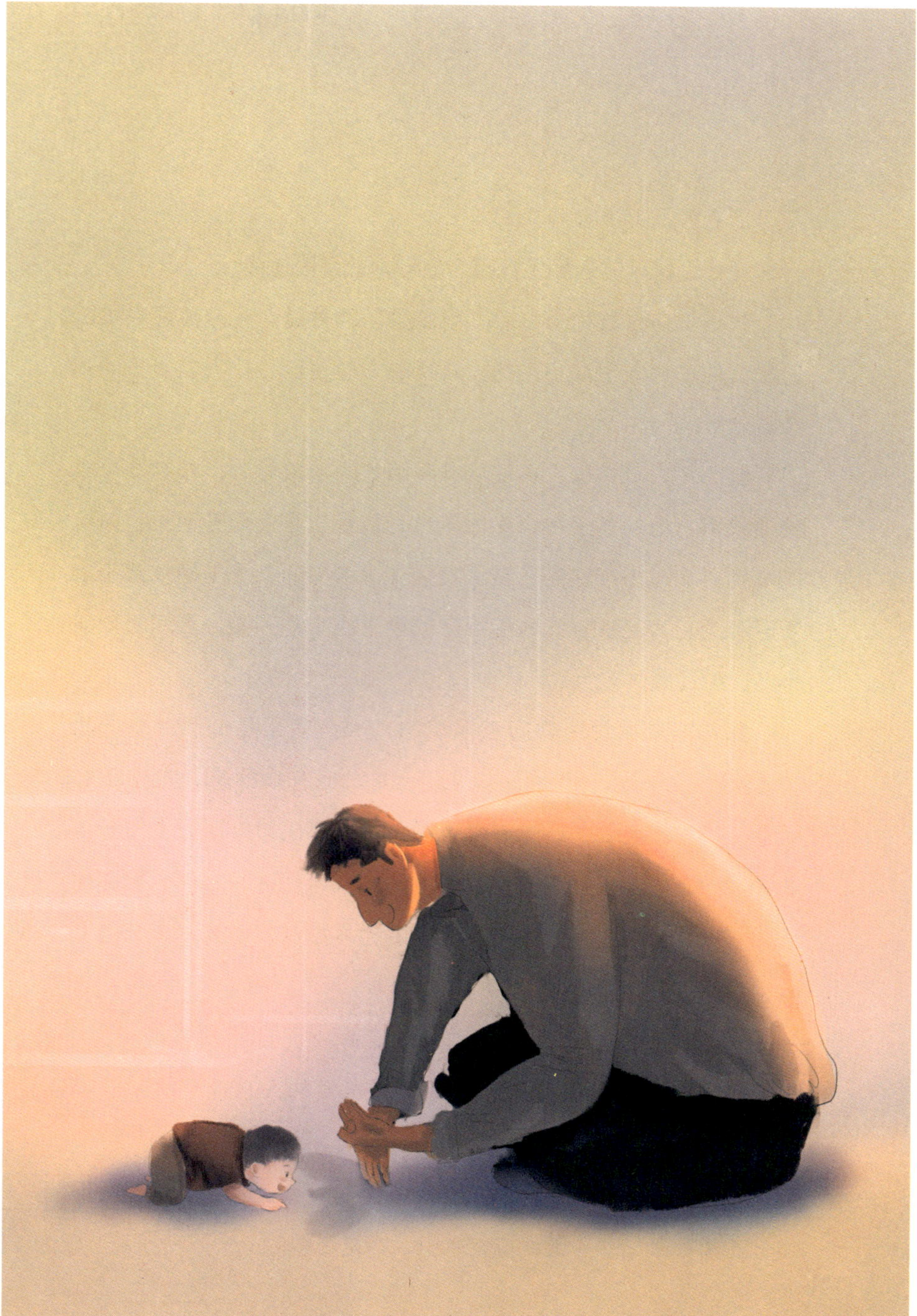

因为认识了他们，我有了推出18个人口述实录的念头；因为这个计划，我只觉得时间不够用，从不觉得在这里的时间太长。俯拾皆是故事，每一天都被感动，我比以往任何时候都更爱这座城市。

复苏

我应该是到武汉十来天之后，某天晚上突然发现，有犯困的感觉了！当时内心狂喜，因为终于正常了！

我每天和儿子视频一下，生日那天，他发了条微信，说："妈妈生日快乐！"看见"妈妈"两个字，我竟落泪了。只怪，这些天泪点太低。

先生有空会发一些他认可的好报道、好文章，老想和我探讨我们还可以关注哪些选题。其实从北京出发那天，他生气没理我，怪我没听他的话，主动要求来了武汉，他是心疼我的身体。

14年前，我确诊患了甲状腺癌，双侧恶性，甲状腺全切，手术后免疫力变低，先生觉得，我来武汉是"送死"。但看我在武汉状态不错、情绪稳定，我想他也就放心了吧。

出门在外需要点"报喜不报忧"，中间唯有一次"遇险"不得不和他们说，是我带的"优甲乐"要断顿了。因为甲状腺切除，我每天要服用两片半"优甲乐",从北京出发时带了一整盒,哪里想到会待这么久。将近40天时,药眼瞅着就要没了,我只得向先生求援。多亏同事帮忙,先生辗转托他们带了"续命"的药来。

永远

"封城"后的武汉,我听不到车水马龙,但也有全新的发现,比如,我很惊讶,这座城市竟然有这么多鸟!有天中午我去江汉关录钟声,发现伴着钟声的,竟是鸟鸣。还有金银潭医院,给我印象最深的,是它的绿化,院区里绿树成荫,随处可见灰喜鹊飞来跳去。我曾很感慨,如果不是这里偶尔见到的人都"武装到牙齿",它更像一个公园,至少也是疗养院。哪里想到每扇窗后,分秒都是和死神的争夺。

有人说,因为疫情,武汉错过了2020年整个春天。我觉得不,鸟语花香,春天,她一直在啊!

有天晚上,我站在酒店20层的窗前,望着窗外点点星光,突然发现,自己的心理和刚来时已很不一样。同样这片万家灯火,刚来时,我眼里每盏灯后都是不确定,心中满是陌生、疏离;现在,那个熟悉的城市回来了,每扇亮着灯的窗后,都是我熟悉的活生生的那些人。

92天离开时,我突然发现,以前我嫌武汉这不好那不好,不是因为我从骨子里不属于它,恰恰因为血缘上它与我那份割不断的牵扯。和它共过生死,我想,我们更是无论如何也分不开了。

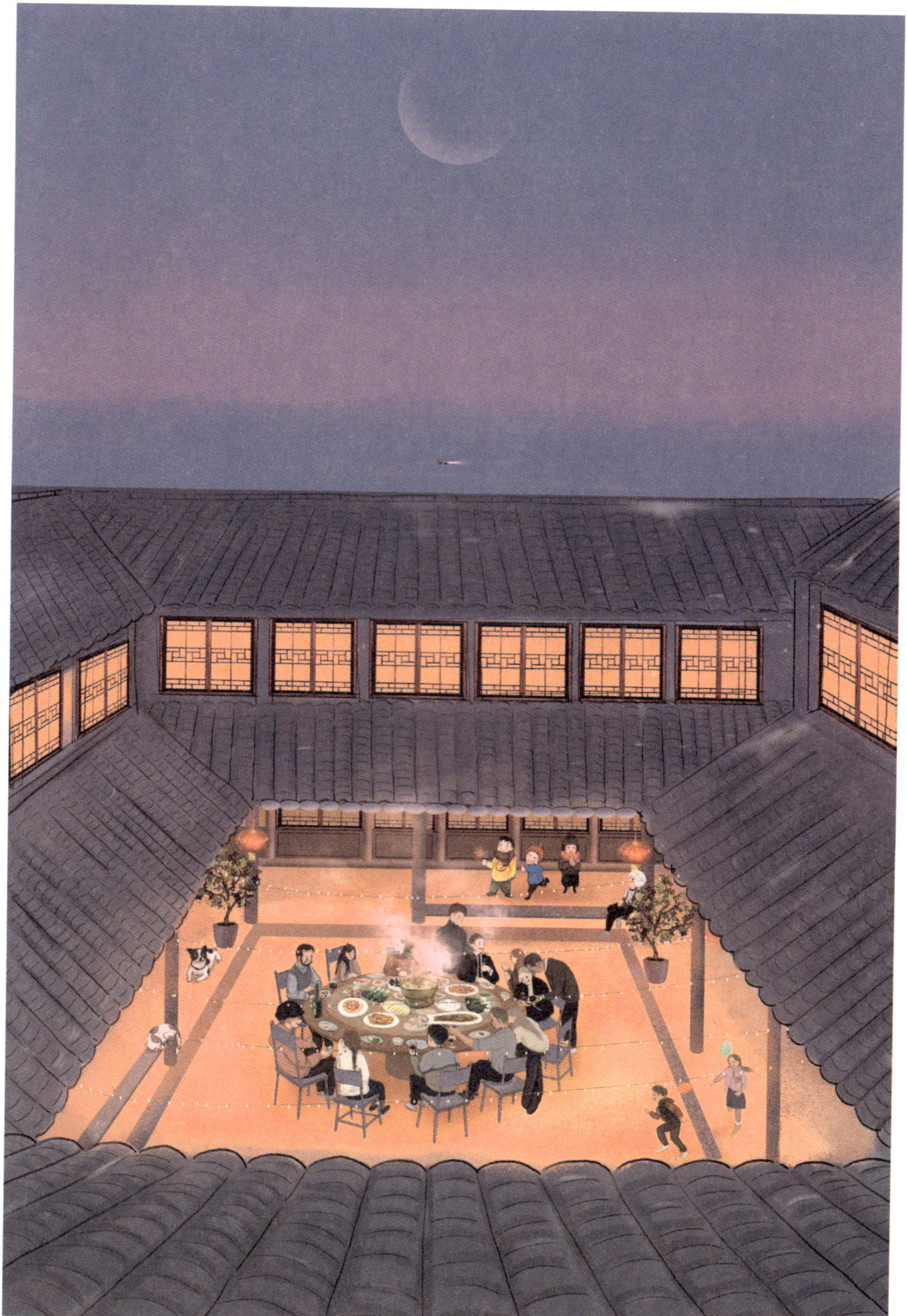

第二章

烟火谋生，诗意谋爱

三碗面

故园风雨前

何为家?

柴米油盐酱醋茶。

可否具体?

柴米油盐,腌渍诗与远方。

锅碗瓢盆,盛满悲欢离合。

酸甜苦辣,料理无味时日。

枕边之人,名曰软肋铠甲。

一日三餐,吃罢笑傲江湖。

可否再具体?

这样吧,不如读一读这三碗面的故事,虽是平常滋味,却也能在其中觅得生活本真。

非常懊恼的是,这几年胃口忽然不灵光了,觉得好胃口比好食物难得。年轻时为了吃口正宗的水煮鱼,组织人冒着夜雪赶往餐馆,从北京的各城区出发,不乏边远郊区。我手机快打成一颗焦炭；统筹调度有车的接没车的，安排离得近的先跑去占座，为打折七拐八弯找关系套近乎，用尽了毕生智慧。最终大伙儿克服千辛万苦在店里聚齐，相拥相看，幸福激动到几乎流泪，与易北河会师好有一比。此刻只一人不肯入戏，是那先跑来占座的，他押着店伙把油烟腾腾的鱼锅端上桌，随即大叫道："瞧哥们儿这点儿掐得！"——掐得精湛，现在想起来都要喝彩。

年轻时真的，为了口好吃的，什么干不出来。现在说起美味，往往是沉浸在回忆里。沉浸得久了，一些根本算不上珍馐美馔、既不出名也不出奇，只能称之为"吃的"的吃的，也显露出美味，这绝不是我主观上添油加醋把它们硬说成美味，而是人到中年，终于懂点事了，才意识到它们本就是生活的美味。

它们是三碗面。是1988年成都市提督街上的一碗素椒杂酱面，1995年北京市白石桥路居民区里的一碗打卤面，1999年上海闵行罗阳一村汪先生家的一碗乳腐排骨面。

第一碗　素椒杂酱面

我们成都的面，名堂多。20世纪80年代名堂更多，因为高档一点的川菜馆毕竟少，寻常也吃不太起，所以满街争奇斗艳的都是面馆。然而我也只有看着的份儿，家里不许我"在街上乱吃东西"。我家掌勺的，一个我爸一个我外公，他们是上海人和江苏人，平常烹饪无非清炒红烧，我以为世间滋味不过咸甜而已。直到初中快毕业时，情形突变，我开始怀疑他们的权威，不耐烦他们的劝导，进入叛逆期。其中最强烈的叛逆形式，就是我竟跑去提督街"乱吃东西"。

那是1988年初春的一个星期六，我和最要好的同学约了下午去春熙路逛书摊。我们骑着车，淋着绵绵细雨，在街上晃荡。青黑屋瓦上腾着袅袅烟汽，悬铃木的绒球在枝梢轻摇。提督街上人很多很热闹，但热闹却只有一人高，到半空就凄冷了。不知怎么的就坐进一家面馆里，面上来了我才想起来家规，却哪里顾得上。素椒杂酱面，同学替我点的。

店是哪家店，同学说了些啥我统统不记得了，只有一帧画面仍然清清楚楚，面。这是一碗英挺健硕的面，因为全体起立着，而且不依不靠，傲然居中。我是吃海派汤面长大的，我家的面年迈无力，都仰卧在汤汁中，如果不是碗盏限制，不知要坍塌流淌到何处，要它们起身则需筷子反复搀扶纠缠，一路上断的、溜的、逃回汤里的不计其数。素椒杂酱面相比可谓青春峭拔，筷子一云便踊跃跟上，途中也绝不拖泥带水，没有一根畏缩打退堂鼓的。

我刚猴急要进嘴，同学说你得先拌开啊，我才明白要将表层的芽菜肉末打压下去，同时将碗底的红油麻酱提拔上来。不得了，裹了油酱沾着肉末，这面简直，好吃得叫人发傻，我至今记得那一刻仿佛耳也聋了眼也瞎了。

现在回忆，好吃虽然首先是味道，但背后的支持者还是质感。

素椒杂酱面最出色的是面体的干湿度，因为味道不仰仗汤汁，须由面体一力承担，所以讲究干里透湿，似湿而干，面到味儿到。上品的表现是吃完之后碗底只有残油，要有汤汁就露怯了。

现在细想想忽然惊觉，到底是先起叛逆之心再故意违拗他们跑去"乱吃东西"？还是某日意外"乱吃东西"之后才陡生叛逆之心？——不敢说，然而世上本没有什么意外，花椒油海椒油流进我的血管，那是命里注定的，我今生叛逆，大概恰恰始于一碗素椒杂酱面。

第二碗　打卤面

刚毕业那会儿一直没有像样的收入供自己嚼吃好的，即使那时物价并不很高，大概还是与中低档餐馆气味不投，高档的那些我又不得入内。早先尤其吃不了北京的面，既不明白打卤的选材，鸡蛋、木耳、黄花、肉丁，为什么会是它们，也不明白它们四位怎么能成为一个共同体，酱油勾芡提供的逻辑并不坚挺。

但后来竟然爱吃了。一举推翻了之前的不以为然。

那是1995年初夏，我即将毕业。有一天去拜访我爸的一个朋友，他刚刚兴办了一家影视传媒公司，这位叔叔据说已经"腾"的发起来了。我到时已近中午，叔叔虽然热情，却推说抽不开身带我去吃饭，特意叫来他的财务，是个小伙子，叫他带我去吃饭,指着我跟他说:"呵呵,这就是。"又向我挤眼道,"小邢是我这儿的青年才俊,北京男孩儿,你们好好谈谈。"我忽然明白为什么家里巴巴儿地打发我过来看望叔叔了,原来是个相亲的局。只见叔叔掏出钱包,抽出一大沓钱,半转过去用身子略挡一挡,塞到小邢手里。小邢万般推辞不得只好接了。"去新世纪,龙虾……东星斑……"叔叔低声叮嘱,管得很细。嘿嘿,龙虾、东星斑,我想。

去新世纪酒店出门该往西,我们却往南,小邢领的路,我跟着他进了居民区。

"我带你去吃打卤面,面是现抻的,卤做得也地道,这家老北京特正。"

我想质问龙虾东星斑是你什么人,你凭什么护着不让我吃?终究不敢,恨恨忍下一口气。这小子太阴了,吞他老板的钱。我们顶着烈日走了三幢楼,只见一家家庭式小餐馆门窗紧闭,原来"冷气开放"。我对他印象很坏,气得更饿了,决定撕破脸跟他大吃一顿。

打卤面这东西有个奇趣,一旦你放下成见,放下姿态,决定呼而嗨哟大吃一顿,就立刻成为美味。鸡蛋和酱油是一对儿,酱油微微渗入鸡蛋时会结合出一种浓香,钝而厚,像一户殷实人家发出的亲善和美的气息;黄花和木耳是一对儿,滋味古朴沉郁,仿佛青梅竹马,从小一起在林子里玩儿,风餐露宿男狩女织,过着天人合一的生活;肉丁落了单,但它是肉丁啊,吃起来如夜穿星辰般一闪一闪亮晶晶。最好的是勾芡,谁说"勾芡提供的逻辑并不坚挺"?芡汁微妙的黏和稠,对面条形成软性的束缚,虽然婆婆妈妈,却果然一片至诚"都是为了你好"。

我才不管,我发出了呼噜呼噜的巨响。并且要求他追资两元又给我加了一勺儿卤。

当天晚上就接到了叔叔的电话,一再道歉,说压根不知道小邢在外地有女朋友,小邢一直没敢说。"不过真是好小伙子,"叔叔叹息道,"我给他的两千一分没花全还我了!自己掏钱请你吃的面。"

第三碗　乳腐排骨面

第三碗面讲出来脸红,因为既不是花钱买的,也不是做客被请的,而是不请自去、赖在人家家不走,赖到饭点儿,赖到人家主人扛不住了,不得不拿出来与我分享的,私房面——这碗嗟来之食好吃死了。

毕业后第二年我入行做纪录片。1999年隆冬在上海出差,拍摄一家国营杂志社改革用工制度的故事。从所谓大锅饭、铁饭碗改为按劳分配的劳动合同制,这对很多职工是一大挑战,办公室里整天都风传着坏消息,有人会降职,有人会降薪,有人会被退回老公司,有人会被开除。那个冬天人人自危。我们拍到一个中

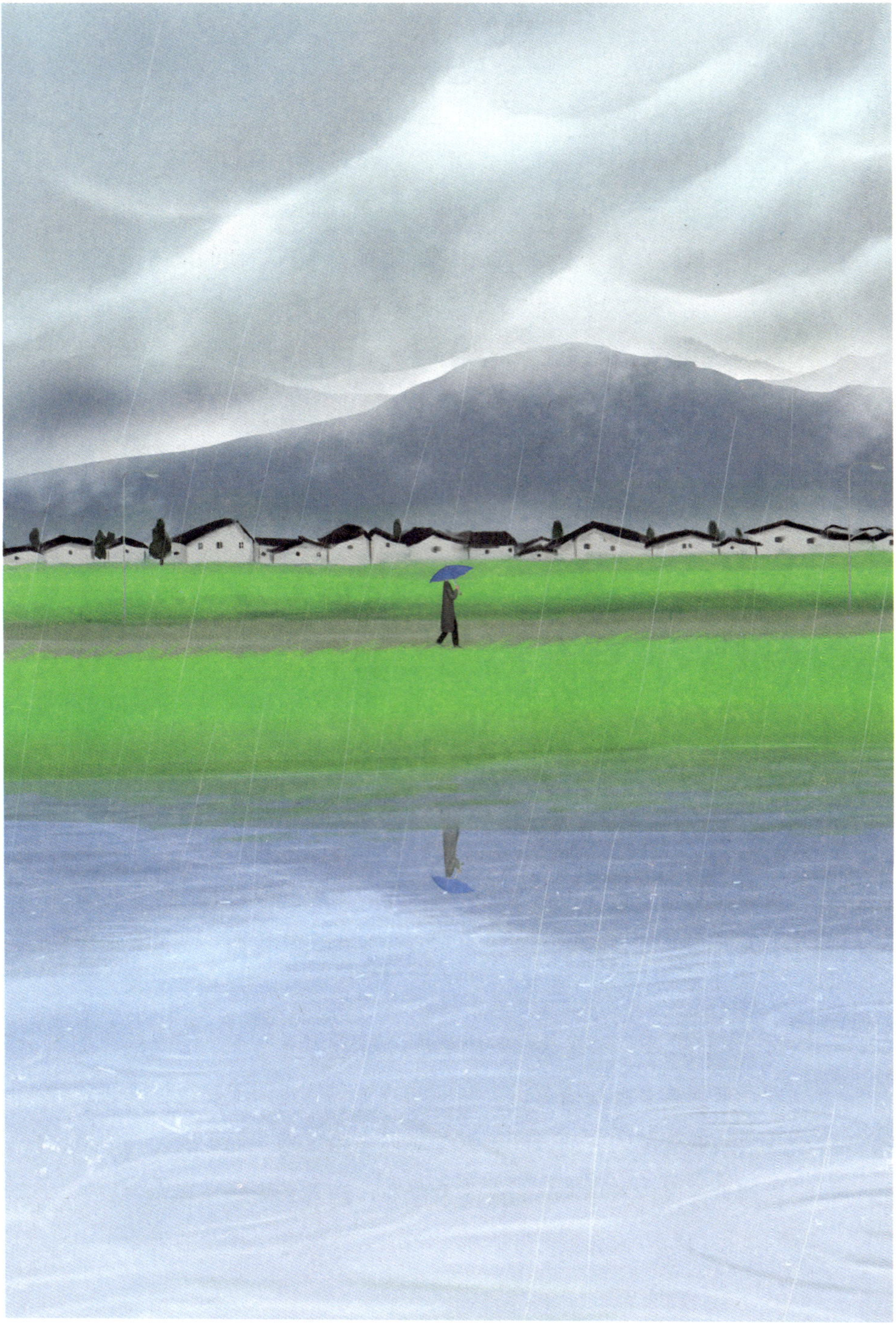

年编辑汪先生，老是脱岗，上班时每每神秘失踪，而总经理已经打听到他在外面接私活儿，决定就从他下手，炒第一条鱿鱼。

我们拍到了这一切，基本已经算是掌握着决定性的消息，能决定汪先生的命运。但不能告诉他，因为纪录片自有严明的纪律。可我实在同情他，我从另外的消息源得知，他太需要钱了，因为太太怀孕期间收入极低，偏偏又有流产先兆，安胎需要营养需要很多物质的保障。他不得不打两份工。我决定要在片子里呈现他的处境。

星期天午后我和摄影师搭档一起跑去他在郊区的家，请求他允许拍摄他们真实的生活，以及亲口描述他的困难。但他说："弗要，像啥呃样子。"死倔。我们也倔，就不走，坐在他家的小板凳上苦劝，嗓子都说劈了。到晚上七点，天早已黑透，我们就那么坐在那儿沉默着。忽然他从厨房出来，端出两个大碗放到茶几上，脸并不朝我，说："面条，自家弄呃，吃一眼眼伐。"转身回厨房了。我眺望过去，他站在灶台边，就着锅也在吃面，誓死不与我们一起吃。

我们这时也顾不上要脸了，反正下午两点以后就没脸了。摄影师先动，筷子刚进碗，惊喜道："红排骨！"我算粗略懂一点烹饪，认出这是乳腐的酱汁烧出来的排骨，烧得不深，因为渗透浅薄，排骨只有表层肉是红馥馥的，稍靠里面仍是肉的本色，软骨更雪白莹润。这是很聪慧的烧法，省时省力，门槛只有一个，对火候的把握，毕竟排骨易老，腐汁不留神就过咸，整体失去清甜、轻盈，也就是几分钟的大意。得守在那里烧。

面固然是普通的银丝挂面，但并不是直接就用排骨的乳腐汁调味，还另加了油盐味精等等，大概是怕过淡显出"面腥气"。并没有加香葱，按理阳春面一类是有零星葱末的，但这料应不是疏漏，我想象乳腐汁与葱多少有点"犯冲"，不能加。

我们的碗里还各有一大丛绿叶子菜，上海俗称小棠菜，也就是矮青菜，冬季经霜后泛出甜味，配面吃比菠菜、塌棵菜、黄芽菜都好。

就在我们死皮赖脸枯坐客厅时，他为我们烹制了这样一碗面，精耕细作饱含匠心。我平常吃面不太积极的，但这一碗我先滗干汤汁喝掉，又剔下骨头嚼了，又面裹着肉，菜裹着面，最后一丝一毫都吃净了。

很多年以后，汪先生夫妇到北京出差，约我见面，告诉我他们现在过得很好，开了自己的小公司，生意接不完，女儿钢琴都考到了n级。另外竟然说，谢谢我们当初在他们最困难的时候跑去帮忙，虽然好像也没帮上，但他们心里明明白白的。

聊着聊着我们叫的意面上来了，红彤彤的一大盘。

"哪能？好喫伐啦？"汪先生问。

我笑道："比乳腐排骨面差远了。"

人的一生都走在回家的路上

贾樟柯

当你想家时,会立即去买一张回家的车票吗?年少时迫不及待告别小城,可看过世界才发现,令人熟悉而温暖的,依旧是那座名为"故乡"的小城。

1

1993年,我到北京电影学院读书,之后就留在了北京,在这个拥有几千万人口的国际大都市工作生活。但这些年,我开始有意识地回到老家生活,过上了一半大城市,一半故乡小城的生活。北京很好,我有很多好朋友,很多工作上志同道合的伙伴都在这里。但它始终不是我的故乡,不是汾阳。

我过去常说,城市生活有缺失,这种缺失是亲戚之间的走动。在北京,我没有亲人,都是朋友而已,但是回到小城,我有很多亲戚——表哥啊,表弟呀,还有很多不是亲戚胜似亲戚的人。在汾阳这座小城里，有我自穿开裆裤起就在一起的玩伴。这种在同一背景下，一起成长的共同记忆所建构起来的亲人一样的感情，是构成我人生非常重要的一部分。

汾阳很小很小，但这"小"是很有魅力的。它的魅力在于，人和人之间的心理距离跟空间距离都非常近。在小城里，我们会有很多突发奇想的相遇和相聚。

城市很大，人很多，但是聚合需要很刻意的预约，而小城的聚合像流水一样，大家很顺其自然地就聚在一起，又很顺其自然地结束一次聚会。而这些聚会是非常多的，包括婚丧嫁娶。那些看起来小小的聚会，实际上是非常强烈的情感生活。

我觉得人本质上是群居动物。

2

小城生活确实是充满了各种细节的生活。每次回到故乡，回到小城，在生理上便会有一个很有意思的变化，就是五官全开。

什么叫五官全开呢？你发现你的眼睛灵敏了，鼻子也灵敏了，耳朵也灵敏了，所以你才能看到色彩、听到声音、闻到味道。我们讲到"视野"这个词时，一部分会想到对外面世界一种开阔、辽阔的把握，另一部分其实就是感官方面的感受。

以前上学的时候，星期六下午不上课，吃完饭，便睡个午觉打发时间。我最喜欢在醒来时，躺在床上听外面的声音。

城市很小——我们县城外面就一条公路，有各种各样的物资要从那儿运输，非常繁忙。隐隐约约，我能听到那种拖着大挂斗的卡车呼啸而过的嘶鸣声。再一会儿，又听到哪一家人在做家具，电锯锯木头的声音。还有电影院高音喇叭的声音：正在播放某首歌，某场电影快要开演了。还有大姐大婶们聊天的声音，它们像交响乐一样把远处正在发生的事情传到午睡刚醒的我的耳朵里，让我无比憧憬外面市井的热闹景象。

在黄昏的时候，我们再一起去到某个人比较少的小巷子，拿出一颗足球，摆两个砖头当球门就开始一场球赛，一直玩到天黑各自归家。每当我骑自行车走在回家的巷子里的时候，总能闻到高粱等农作物秸秆燃烧的味道。穿过烟雾回到家，就打开收音机听广播，等父母回来做饭。

这就是一个县城孩子完整的下午，一次小城里不期而遇的聚会。

3

我当初走出小城的时候，和大部分人一样，都是带着逃离的念头。

小城人家的门是敞开的，轻轻推开就能进去，我很享受身处其中那种人与人之间情感的强度跟力度。但同时，小城也有很大的问题，我也会面临非常多的人际关系的处理，而人际关系的处理带来很多精神上的压力跟负担，甚至包括对个人生活空间的侵犯。

你无时无刻不在选择，因为大家都是以情相处，情感是最容易被辜负、被误解的。

以前我有个朝夕相处的朋友，有一次，我们一起吃饭喝酒的时候，他就让我回忆一件我对不住他的事情。我无论如何也想不起来，思忖着最近没发生过什么事，结果他追溯到了七八年前，这件事竟埋在他心里七八年。这便是我想逃离的东西。

人情社会也有人情社会的魅力，随着年龄的增长，开始慢慢理解人性的时候，这些东西都会被包容，都会被接受。少年时，那些束手无策，让人恐慌紧张的问题，在四十多岁以后，都可以得到妥善的处理。当你会处理它的时候，就可以包容它。我觉得包容不是一种境界，是一种能力——是一种阅尽人生才能获得的本领。

4

我们要学会跟庸常的生活相处，或者对抗。

有的人对抗。比如创作，这种相对来说更倾向情感的表达，它会有一种新的、向内发现自我的感觉。

另一方面就是学会跟它相处,在日常里找到一种生活的乐趣,甚至是生活的美感。小城的聚会对我最大的启发,是一种生活态度——虽然日子过得紧巴,但是人和人之间的相处会让生活变得有温度,变得美好起来。

这两种生活我都非常享受。

5

故乡对我来说,是一种认识跟理解这个世界的一个框架、一种方法。我曾经在一篇文章里写过,所谓故乡,就是我们睁开眼,看到世界的第一道光线、第一抹颜色,学会的第一句话,我们在这里建构了我们对世界全部的理解。

这个理解包括对大自然的理解,也包括对人的理解,对人和人之间关系的理解,还有对历史的、地域的理解。我在20世纪70年代出生,经历了从计划经济到市场经济,从没有电视机到有电视机,从没有电话到有了手提电话,再到移动互联网的转变。有了故乡生活,我们面对这些剧烈的变革,就有了辨识自我、认识和理解世界的参照。这个参照,就是故乡带给我们最初的对世界的印象。

作家吕新曾说,其实每个创作者或者每个人,理解世界时都是从地方经验出发的,我们用地方经验去判断衡量这个世界的多样性。正因为我们有了自己故乡的生活,才能够理解差异,理解

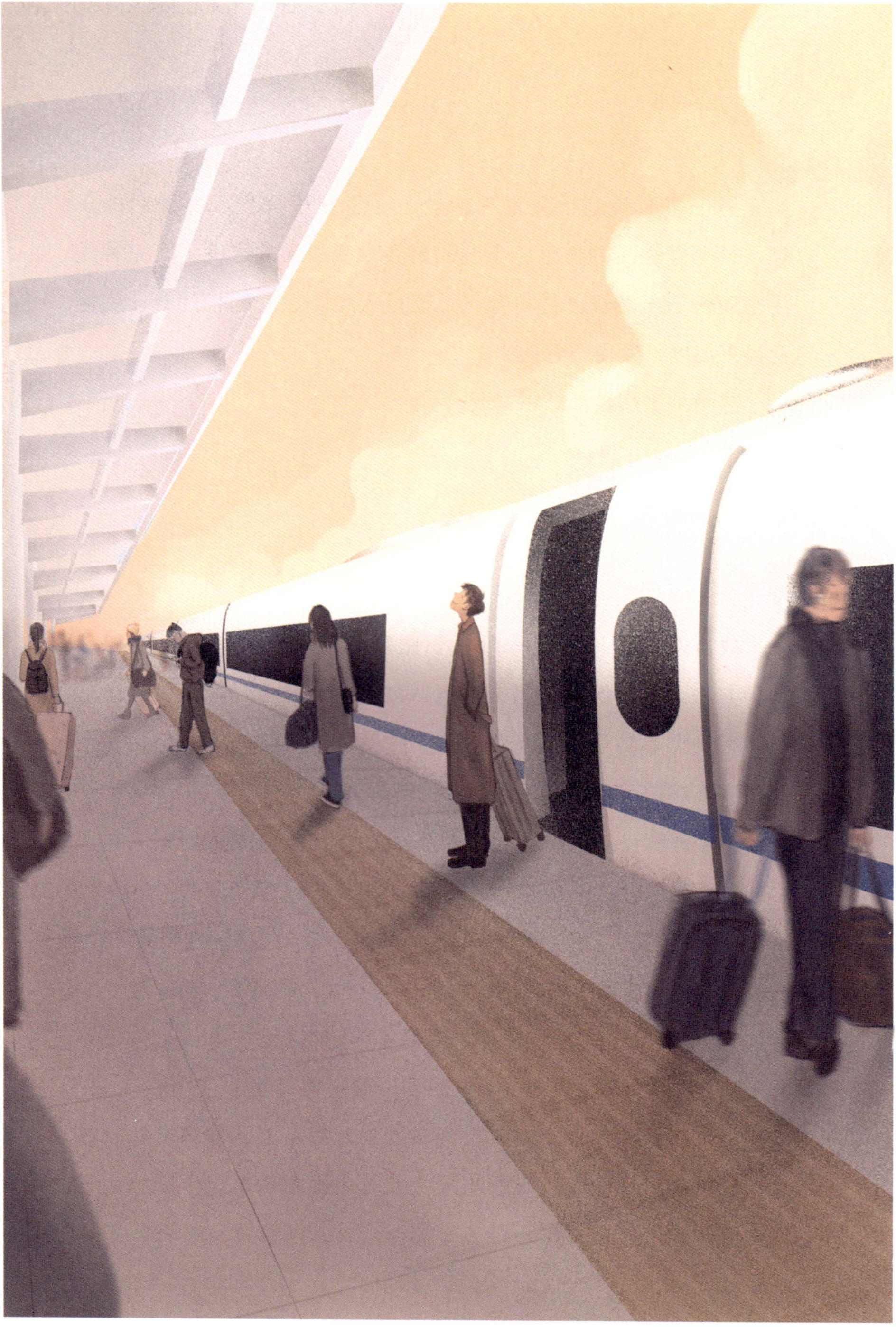

多样性；正因为我们有了相对恒定的故乡所形成的道德价值、人际关系，我们才能够在新的变革发生时去理解它。

所以我觉得某种程度上故乡是一种方法论，是我们面对瞬息万变的世界一个自己独特的角度。就像吕新说的，故乡是个飞机场，每次回到故乡，实际上就像一架飞机飞回自己的机场。回来稍作休整，重新调整自己跟世界的距离、关系、角度，然后再次出发。

本文参考资料：
央视新闻×为你读诗联合共创。
采访：张炫；整理：三十。

横街子的故事

大策

这个世界，有很多无名的人。

你记不住他们的名，但或许刷新闻时被他们触动过：是"最艰难流调"中的打工大哥，是飞身救下轻生者的外卖小哥，是为夜归人点着一盏灯的小店老板……你见与不见，他们都在奋斗辗转着：把楼盖起，把坑填平，把快递外卖送到你门口。

这一篇故事发生在"我所知道的横街子"，主人公就是无名的人，带你去看他们的烟火日常。

我平时特别喜欢逛城中村，恰好现在住的地方附近也有朝阳区非常大的城中村：横街子。天不冷的时候，我隔三岔五就去转转，一进村，仿佛是另个世界：

道路两旁都是简易工房；摆摊的小贩经常风声鹤唳一哄而散；各种极度下沉的品牌和印着Fashion的鞋；各种30元自助烤肉（肉类不详）；各种28元一只插在钢圈上冒着油的烤鸭；当然也有各种新鲜便宜的水果蔬菜、花生毛豆和我最爱的毛嗑

（葵花子）。

横街子里住满了为朝阳和亦庄服务的打工人，白天安安静静，晚上灯火通明。

我喜欢看他们。

夏天，很多人打着赤膊开怀大笑，举杯畅饮，大声喧哗，冒着生活的热气。白天，他们拼尽了力气挣钱，以至于晚上灵魂很容易放松满足，空气里弥散着快乐和简单。这里是他们在北京的家园，前年政府还在村里修了小花园和广场，远没有市区的高端，但他们也敝帚自珍维护得很好，夜晚也很悠闲地在里面消食遛弯哄孩子。

在村里其实很少能听到北京口音，唯有一次我在店里吃35元一份不限量大骨头自助时，一个北京口音的大爷进屋数落老板用电超负荷，老板堆着笑脸给房东大爷装了一兜骨头，大爷笑纳，倒也不在乎年份。

前年我家装修，我的工人师傅们很多就租住在村子很冷的屋子里。我每天把他们送回住处，时间允许就花几十块钱请他们吃个饭，没时间就给他们买一些酱肉和大饼。他们觉得这哥们人不错，自然在工地上认真帮我贴砖。

除了这点心机外，我确实认真在感恩。他们在哪里都能赚钱，选择赚我的钱，就是选择帮我。他们是我的第三波瓦工，我的救命稻草，前两波出于各种原因都提前离京，那种根本找不到工人的绝望，但愿你们永远没机会体会。

这一个月下来他们每个人手上都伤痕累累，而且之前疫情也很严重,他们差一点就回不去河北老家。要知道,这不是一个你有钱就可以对好师傅呼来喝去的城市和年头,所以时至今日,时常感恩。

在横街子的每个晚上,擦肩而过的每一张面孔,都不是来北京养生,而是来辛苦谋生求生的。他们很多白天出卖体力四处讨生计,晚上和工友下馆子吃个固始鹅块撸个串。在这样的城中村里,他们有尊严、有乐趣、有滋味、有期待,反倒没有压力、自卑和不安。

他们没空emo(抑郁),他们绝不失眠,他们大不了就灌醉自己或者吵嚷几句。他们可能压根不知道这个城市的规划蓝图远景目标,他们认定的是,多接活儿,把活儿干好,为家多赚钱。我每次都找机会跟他们聊天,哪怕是买东西的讨价还价,只需寥寥数语,你就能察觉一种生存的热情和希望感,这种希望让你同感生活有盼头,特别原始又特别有劲,有时也会特别温存。

前年过年留京,哥几个想玩麻将,在市区里根本不知道去哪买小方桌和麻将牌,我直觉横街子一定有。果不其然,街头一个小店,一位大爷从仓库里找到桌面和桌腿,我们几个后生七手八脚一起拼装好。大爷很是抱歉,觉得辛苦了我们,那一刻同为异乡异客佳节不圆,听他这么一说我心里竟然有种自己的长辈跟自己客气的酸楚。我想,这就是心和心有了珍贵的互动。

记得刚搬到附近的时候,我还会嫌弃横街子,心想如果拆了建成绿地和商场肯定能提升附近房价。这两年下来,我意识到当初的无知。我并不希望这里消失,也说不出举报它毁掉它的理由。正是这些七拐八绕"埋了吧汰"(埋汰,方言,指不干净)

的城中村，正是这些被部分人视为隐患和"牛皮癣"的城乡接合部，正是这些出卖体力和服务的普通人，滋养了这个城市的泥土气和循环力。

那些膀大腰圆说话瓮声瓮气的保洁大姐，那些几下就疏通好马桶下水道的经验工，那些春节前站在梯子上往路灯上悬挂中国结和红灯笼的临时工，那些能按你要求还原出你老家干炸肉段的东北菜馆厨子，还有那么多服务于这些人日常生活的人，都在城中村里聚合。他们休息好了，他们舒服了，他们开心了，才会把这个城市耕耘得更加体面像样。

明年春暖，我会再恢复每周去横街子遛弯的习惯。在这之前的凛冬，我能做的也许仅仅是格外热情甚至油嘴滑舌地与快递小哥保洁大姐们互动攀谈，让他们感到来自同类的尊重和联结。说两句真心关心的话、塞几个小砂糖橘、别阴沉着脸，没有特别过分的情况就别难为人家。你我皆凡人，哪来的三六九等，在线上都只是平台用户的代码数据，面对面也都只是携带着各种病毒细菌的蛋白质一堆，就算难以阻止未知微生物的传播，也请一定把暖意传递出去。

今天在微信群里发了一句感慨：活到这个年纪，终于学会尽力对身边给自己提供服务的陌生人友善和包容。过去觉得自己拥有了一些东西都是因为个人努力，其实，自己也是被一群无名的人托起的。

我们很容易羡慕别人好命，这没问题。但别忘了也向另一群不屈服于命运、一直在抗争的人，深深致敬。

吃饭的人和做饭的人

对中国人来说,"食"是件大事,"今天吃什么"几乎是每个中国人的灵魂发问,而"吃了没",既是独具一格的中国式问候,更是切切实实的关心和挂念。

小计一下,一日三餐,一年下来,我们要吃超过1000顿饭。某种程度上,一个人如何吃饭,就是如何生活。食物是最有情味的一种刻度,丈量着每个人生活的"热量"。

四时有味:那些吃饭的人

当我们谈及美食,常常是以品味者的身份,即我们是"吃饭的人"。吃饭这件事之所以让许多人感到幸福,大概是因为吃饭的人体验到了一种美妙,不仅来自食物本身,也来自它对生活酸甜苦辣的调和,当胃被妥帖地安抚好了,心也能感到平和与安定。四季烟火里,一饭一蔬间,许多人找到了热爱生活的一万种理由。

在立春,裹一张春饼,把各种新鲜的春菜一并裹起,咬下去，一口就是一个春天。

在清明，咬一口青团，收下春日所有的清新和软糯，微风不燥，阳光正好，清澈明朗，好日绵长。

在端午，煮一锅粽子，爱吃甜的就夹上红枣或豆沙，爱吃咸的就夹上蛋黄或腌肉，粽叶的清香弥漫，拉人回到千年前的汨罗之江。

在大暑，剖一个西瓜，"一刀下去，咔嚓有声，凉气四溢，连眼睛都是凉的"，若再加上空调Wi-Fi，爱人在旁，日子便是极美，像一朵默默开放的花。

在中秋，蒸一笼肥蟹，配点小酒，备上月饼，用一桌子的圆满，款待一整晚的月光，举头凝望，心头涌上的是"但愿人长久"的祈愿。

在霜降，熬一碗南瓜粥，在咕嘟咕嘟的沸腾里，微凉的日子也仿佛冒出了热气，让人想到那个"问你粥可温，陪你到夜深"的人。

在冬至，下一锅饺子，蒸腾的热气糊住了窗户，隔绝了严寒，刚出锅的这口滚烫，妥帖地慰藉着心与胃。

在春节，备一屋食材，这种富足和丰盛，这种"想吃什么吃什么"的如愿，是对一整年努力的犒赏。

寻常的日子也许没那么多惊喜，但通过回望我们的餐桌，通过那一口口难以忘怀的美味，生活好像清晰了许多，回忆起来时，不再模糊难辨、无色无味，而与一些食物、一些共享食物的人关联了起来。于是，回忆变得有味有情、有声有色。我们如何走过时间、我们如何被人爱着，也好像因此有了证据。

心中有爱：那些做饭的人

有人说，再怎么冷淡、严肃的人，一走进厨房，似乎都会变得温和。

厨房这方天地的神奇之处，在于它的忙忙碌碌吵吵嚷嚷，在于它的炉火跳跃锅铲翻飞，在于它的热气蒸腾菜香四溢……四季时移，这个场景却始终不变，"家的味道"就这样一点点酿了出来。那些把做饭视为一种快乐的人，心里一定是爱着什么的。

他爱的，可能是家人，所以能感到分享的快乐、被需要的快乐。

汪曾祺曾说："愿意做菜给别人吃的人是比较不自私的。"对他来说，做菜最大的乐趣是看家人或客人吃得高兴，盘盘见底，而自己作为做菜的人，常常吃得很少，"我的菜端上来之后，我只是每样尝两筷，然后就坐着抽烟、喝茶、喝酒。"

人们常说"有情饮水饱"，对于一些做饭的人来说，可能心情也有些类似：看着家人、朋友聚在一起，吃着自己做的食物，感受着他们的快乐，明确地知道自己被需要，是一种无可比拟的幸福。

他爱的，可能是自己，所以能感到专注的快乐、充实的快乐。

有位网友用"三重满足"来解释自己在疲累的工作之余坚持做饭的原因：买自己最爱吃的几道菜，从洗菜开始，越是新鲜的食材越能激发人的愉悦心情，新鲜的菜一般都脆嫩多汁，择菜洗菜的手感是第一重满足；然后是切菜、开炒，切菜平整，厚薄均匀，颜色搭配得当，炒菜时刺啦的声音，扑鼻而来的香味，是第二重满足；最后出锅，把不同的菜分门别类装到对应的餐盘里，是第三重满足。做饭的流程一般需要一小时左右，在这段时间，脑袋里什么都不想，自我放空，只需要认真做着手头的事，即便下班再郁闷，但饭菜出锅后，身心都只有充实和治愈。

他爱的，可能是生活，所以能感到生机勃勃、热气腾腾的快乐。

有人说：我们之所以喜欢读汪曾祺、梁实秋，包括喜欢苏东坡、喜欢《随园食单》，或许有一部分原因就在于，读这些会吃会做的文人笔下的文章，即便油墨纸张是冷的，但字里行间，却仍能感受到作者热爱生活的那份情感，是暖的，甚至是炙热的。即便是如同食谱一般的文字，读起来也并非只是"技"，反倒感受更多的，是"情"。

多好，一切都"热热闹闹、挨挨挤挤，让人感到一种生之乐趣"。

被爱，是一种怎样的感觉

被爱，是人真实的情感需求。

生活中，你有哪些被爱直接触动的时刻呢？你又是如何定义被爱的感觉呢？

内心就像被温柔抚摸了一下

不是所有的爱都发出轰轰烈烈的巨响，有些爱臣服于细小的温柔本身。它可能是一句抚慰的话语、一个理解的表情、一个充满善意的举止；它可能来自亲人、爱人、朋友，又或是某个行色匆匆的陌生人。

当温暖发生时，你感到内心像被一张柔软的毯子接住了，稳稳地着陆。

有人在我背后，我可以放心走很远

因为被爱，所以有恃无恐。

对方的存在，就是你闯荡的底气，让你前所未有地勇气高涨，愿意开拓生活更多可能性。你知道，即使你铩羽而归，回头看，也起码会有一个不会离弃你的人，一个不会排挤你的场所，去接纳你、帮扶你，直至你"伤愈"后，重新找到出发的方向。

被爱，让你确信：在这起伏的世界中，有些情感是恒常的，是不动如山的。

原来，我比我以为的要好很多

遇到他之前，你可能会卷入某种世俗评判中自我度量，会给"被爱"加上许多硬性达标的"前提"。但他会让你明白，你的存在就是爱的条件本身。即使没有耀眼的姿貌、没有显赫的家境、没有过人的本领，你也可以因为自己是自己，而收获专属的美好与幸福。

被爱，是把你弄丢的自信与光彩重新赋予你。相信有人爱你，有人因为你是你而爱你，或更确切地说，尽管你是你，有人仍然爱你。

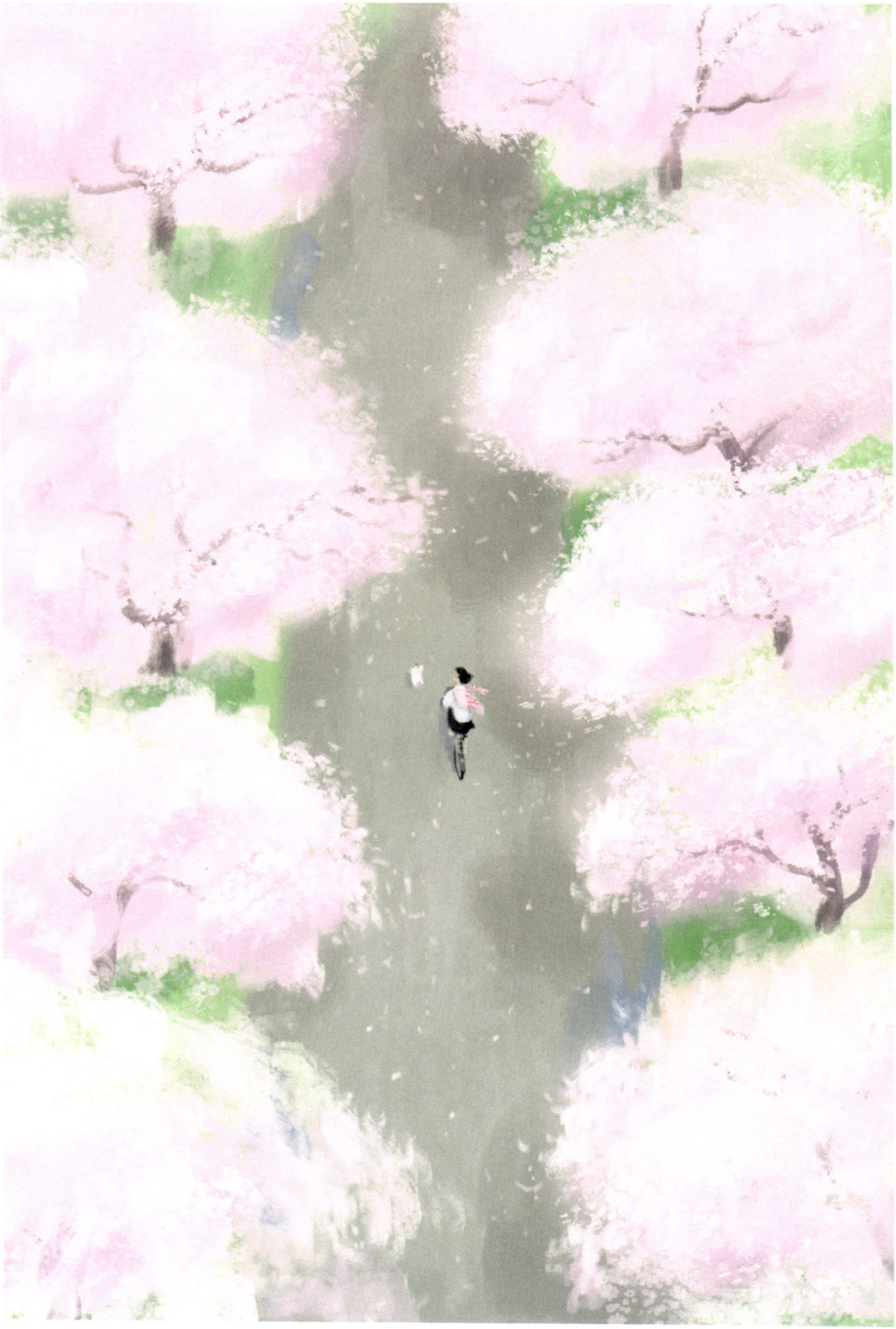

被尊重、被关照、被包容、被回应

真正的爱，不是道德绑架，不是情绪勒索，而是彼此间平等且安心。如某位网友所写：我的人格被尊重而不是被否定；我的需求被关照而不是被嘲笑；我的失败被包容而不是被打击；我的交流被回应而不是被忽略。

只羡自己，不羡旁人

被爱大概就是，对当下的拥有感到踏实与知足。你认定对方就是你最好的适配，有他在，你没有羡慕过旁人。

你祈祷岁月对你最大的庇护，就是让你在这份波澜不惊的爱里，走完此生此世。

允许自己露出孩子的一面

可能从前的你严肃拘谨、少年老成，自以为看破世事而缺乏真情流露。但是在被爱的氛围中，会忽而发现自己童心未泯，也会撒娇，也会天真，也会放下包袱没心没肺地笑、真情真性地哭。

因为被爱，更懂得什么是爱

被爱的人，都会被宠坏的，这是大家对被爱最大的偏见和误解。相反，被爱给一个人的受益是无穷的。在足够爱的滋养下，你的配得感、安全感、自我价值感会增加；你的思维方式会越来越积极，整个人充满活力与创造力。

因为被爱，你由此明白谁爱着自己，而自己又爱着什么，如何去爱，以及如何爱得更深。一个在爱的氛围中成长的人，也会把承接的爱自然地溢出流向身边的人。

每个人，都有被爱点亮的时刻，我们会记住它，在内心深处为这片"柔软"留出位置。每当不如意，我们都可以回到这个角落里汲取力量，重新建立起应对生活的信心。

被爱很重要，但主动地爱惜自己更重要。因为一个发自内心爱自己、相信自己的人，才会有能力去相信世界给他的爱；才会在别人的爱不期而至时，摆脱患得患失的忧虑，大方地去迎接它、去拥抱它，并释放自己"让对方同样感到愉悦与幸福"的能力。

四个春天

陆庆屹

　　有人说，父母给孩子最好的教育，就是相爱，在充满爱意的家庭长大的孩子，会更加积极、自信和有安全感。看到这句话，你想到了谁？

　　爱情并不是年轻人的特权，我们却常常忘记这一点。父母年轻时，也曾热烈地爱过，即使岁月归于平淡，他们仍有属于自己的浪漫。

　　何必总为小说和影视感动呢？最好的爱情，也许就在你的身边。

　　拍完《四个春天》后，很多次映后交流里，都有观众问到同一个问题：影片拍摄过程中，有哪些记忆深刻的细节？每听到这个问题，我都会停顿片刻，因为这样的记忆太多了，需要选择，我每次的回答也不尽相同。有些片段最终并未放入成片，但在生活里它们仍然影响着我。

　　我的房间斜对着厨房，起身便能看到天井。我习惯晚睡晚起，将近中午，爸妈会来叫我起床吃饭。一天起得早，我看见爸在天井里给妈熬中药。这个过程很漫长，要把煨出来的药汤熬成膏，所以火要小，还得不停搅动，防止粘锅煳掉。

我问爸这么冷的天为什么不在厨房里熬,爸说味道太大,水汽太重。他说话的语气总是平平静静的。我几次去换他,他也不肯,说依我的性格做不好这种事。我隔着窗,看他挨着厨房坐在天井一角。厨房里妈在准备饭菜或做针线活。

腊月间天气寒冷,爸一只手揣在手套里,脚焐在装有热水袋的脚套里,木铲子在锅里一圈一圈地划,手冷了就换另一只,满头白发在阴冷的空气里微微颤动。电磁炉的刺刺声从门窗缝里钻进来,细细的,安宁得让人心里微颤。

我呆呆地看着被框在一扇窗里的他,像端详着一幅画,一幅在时间里流动的画。中药的味道渐渐传来,仿佛很多暗色记忆的索引,我心下一动,又架起了相机。虽然同样的景象拍了很多次,但我觉得每一次都有特别的意义,我愿意记录下哪怕千篇一律的动作。

刚拍了一会儿,妈从厨房里出来了,手里拿着做了一半的小鞋子,老花镜垂到鼻翼。她在爸侧后方站了好久,低头看着锅里搅动的木铲。爸没有回头,依然注视着手中的活计。我们三人的目光就这样以不同方式和心情,聚焦在那把木铲上。

这感觉很奇异,仿佛那稳固的律动里,有一个情感的结把我们绑在了一起。过了一会儿,妈眼神恍惚起来,似乎神思已经飘远了。我猜想她一定回忆起了很多岁月中的风风雨雨。她眼神越来越温柔,抬起手抚摸爸的白发,柔声说,你的头发应该理啦。爸说,嗯。这一声回应让她回神过来,脸红扑扑地笑了起来,用普通话说，谢谢啦。

　　妈在说一些难以启齿的话时，会换成普通话，似乎隔着一层习惯，就易于开口了。爸说，谢什么鬼啊。她好笑说，谢谢你的情啊，谢谢你的爱呀。爸也笑了，然后叹息一声，没再说话。

　　我从来没听过哪个老人这样直接地表达爱意。愣了一下，像偷窥了什么秘密而怕被发现一样脸红起来。我轻轻关掉相机，蹑手蹑脚摸回床上躺下。过了不久，妈来敲我的门，懒鬼，起来吃饭啦。我应了一声。那一整天，我都陷入一种化不开的温柔里。

　　一年除夕，年夜饭后我正在洗碗，爸妈打开了电视等"春晚"，房间突然黑下来，停电了。愣了一下后，黑暗里响起爸的笑声：哈哈哈，好玩。他突如其来的快乐点燃了我们的情绪，都跟着笑了起来。我掏出火机打亮去找蜡烛，隐约看到妈坐在路灯透窗而来的微光里左右顾盼。一时间不知如何是好，也没有供电局的电话。

　　互相讨论了一会儿，妈拍桌说，这电爱来不来，干脆去山里走走。于是一家人穿衣换鞋，说说笑笑往城外走去。那真是个特别的除夕之夜，父母面对突发情况的淡定让人钦佩，我这一生从未听过他们说一句抱怨的话，遭遇任何状况都坦然面对。

　　2013年春天，乍暖还寒。我一向作息不规律，爸妈早已习惯，从不打扰我。一天黄昏过后，我睡醒来打开房门，豁然看见天井对面，爸妈各处一室，妈在缝纫，爸在唱歌，兴起处挥手打着拍子。在黑暗里，他们像两个闪亮的画框中的人物，并列在一起,如此的和谐。两人手势起落的节奏韵律,奇妙地应和着。我连忙架起相机,镜头都来不及换,按下按钮,站在他们对面的夜黑里,静静地看着,心中排山倒海。

那是我第一次在一定距离外,长久地凝视我的父母,我仿佛看到了"地老天荒"这个词确切的含义。

也是那年,暮春的一日,下午我和爸在客厅聊起他的童年,不知怎么睡着了,傍晚醒来天已黑透。迷迷糊糊中,隐约听到小提琴声——爸又在练琴了。我心念一动,抓起相机,找遍楼上楼下也不见他的踪影,我才恍然大悟跑去楼顶。琴音渐渐清晰,爸背对我站在天台一侧,不远处的橘色路灯把他映成了剪影。逆光下,他的几缕银发闪着光,在微风里飘动。暖调的夜色,把纷扰嘈杂的世界抹成一幅洁净的画面,我站在他身后静静地看着。

在某一刻,我希望这画面永远静止,我们父子就这样相对而立。等他暂停下来,我问怎么到楼顶拉琴。他说,我看你睡着,怕吵醒你,跑上来练。说着微笑起来,那笑容里,每个细胞都焕发出无尽的柔情。

曾有人问我,你父母身上那么多让人感动的特质,对你影响最大的是什么?我想了想,回答说,是温柔。温柔能带来这世上最美好的东西。

老夫老妻

冯骥才

最美的爱情，不仅是初见时的怦然心动，更是和你执手白头，相伴到老。

他俩又吵架了。年近七十岁的老夫老妻，相依为命地生活了四十多年。大大小小的架，谁也记不得吵了多少次。但是不管吵得如何热闹，最多不过两小时就能和好。他俩仿佛倒在一起的两杯水，吵架就像在这水面上划道儿，无论划得多深，转眼连条痕迹也不会留下。

可是今天的架吵得空前厉害，起因却很平常——就像大多数夫妻日常吵架那样，往往是从不值一提的小事上开始的——不过是老婆子把晚饭烧好了，老头儿还趴在桌上通烟嘴，弄得纸片呀，碎布条呀，粘着烟油子的纸捻子呀，满桌子都是。老婆子催他收拾桌子，老头儿偏偏不肯动。老婆子便像一般老太太们那样叨叨起来。老婆子们的唠唠叨叨是通向老头儿们肝脏里的导火

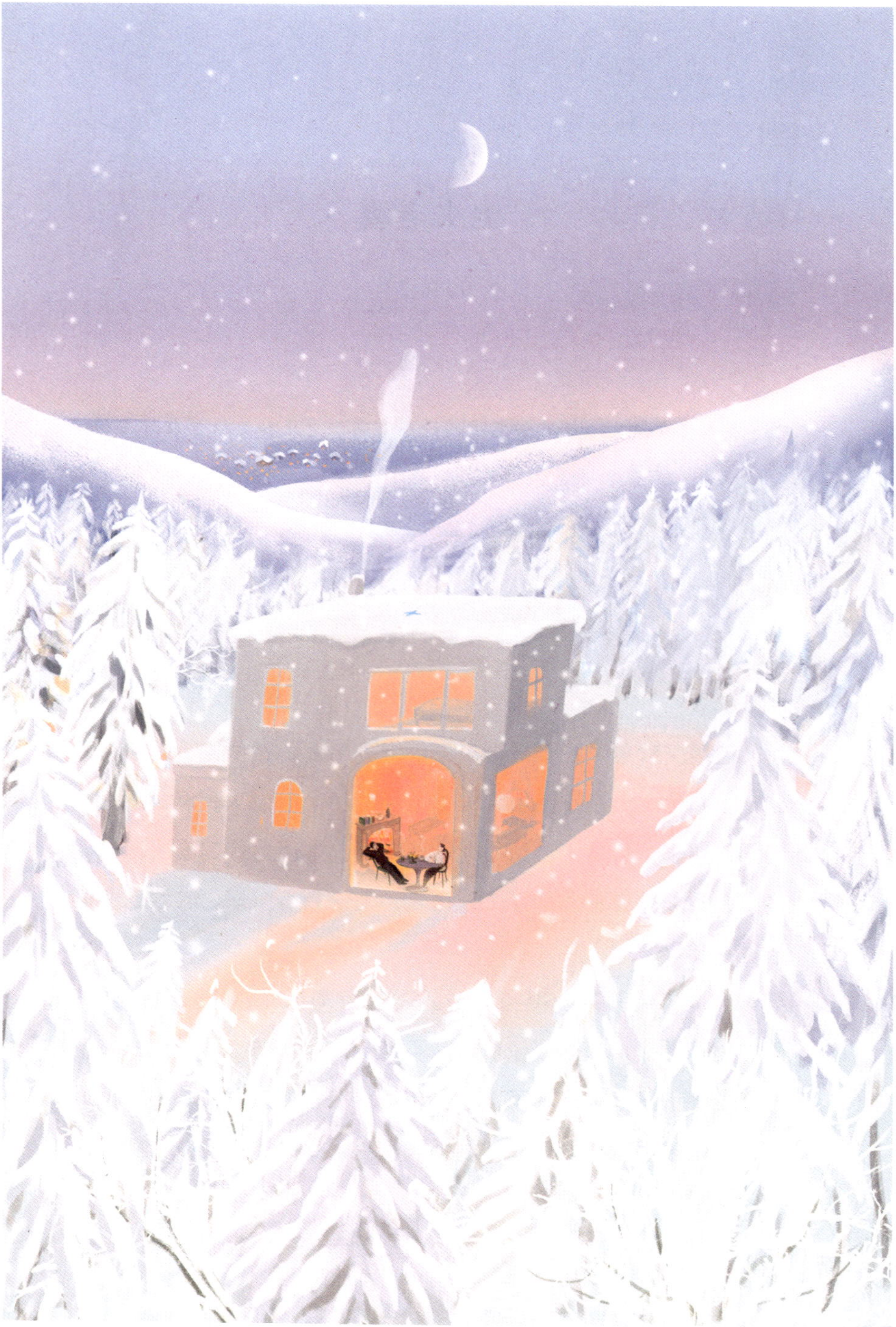

线，不一会儿就把老头儿的肝火引着了。两人互相顶嘴，翻起许多陈年老账，话愈说愈狠。老婆子气得上来一把夺去烟嘴塞在自己的衣兜里，惹得老头儿一怒之下，把烟盒扔在地上，还嫌不解气，手一撩，又将烟灰缸打落在地上。老婆子更不肯罢休，用那嘶哑、干巴巴的声音喊：

"你摔呀。把茶壶也摔了才算有本事呢！"

老头儿听了，竟像海豚那样从座椅上直蹿起来，还真的抓起桌上沏满热茶的大瓷壶，用力"啪"地摔在地上，老婆子吓得一声尖叫，看着满地的碎瓷片和溅在四处的水渍，直气得她冲着老头大叫：

"离婚！马上离婚！"

这是他俩都还年轻时，每次吵架吵到高潮，她必喊出来的一句话。这句话头几次曾把对方的火气压下去，后来由于总不兑现便失效了。六十岁以后她就不再喊这句话了。今天又喊出来，可见她已到了怒不可遏的地步。

同样的怒火也在老头儿的心里翻腾着。只见他一边像火车喷气那样从嘴里不断发出声音，一边急速而无目的地在屋子中间转着圈。他转了两圈，站住，转过身又反方向转了两圈，然后冲到门口，猛地拉开门跑出去，还使劲带上门，好似从此一去就再不回来了。

老婆子火气未消，站在原处，面对空空的屋子，还在不住地出声骂他。骂了一阵子，她累了，歪在床上，一种伤心和委屈爬上心头。她想，要不是自己年轻时得了那场病，她会有孩子的。有了孩子，她可以同孩子住去，何必跟这愈老愈混账的老东西生气？可是现在只得整天和他在一起，待见他，伺候他，还得看着他对自己耍脾气……她想得心里酸不溜秋，几滴老泪从布满细皱纹的眼眶里溢了出来。

过了很长时间，墙上的挂钟当当响起来，已经八点钟了。正好过了两小时。不知为什么，他们每次吵架过后两小时，她的心情就非常准时地发生变化，好像节气一进"七九"，封冻河面的冰就要化开那样。刚刚掀起大波大澜的心情渐渐平息下来，变成浅浅的水纹。

"离婚！马上离婚！"她忽然觉得这话又荒唐又可笑。哪有快七十的老夫老妻还闹离婚的？她不禁扑哧一下笑出声来。这一笑，她心里一点皱褶也没了，之前的怒意、埋怨和委屈也都没了。她开始感到屋里空荡荡的，还有一种如同激战过后的战地那样出奇的安静，静得叫人别扭、空虚、没着没落的。于是，悔意便悄悄浸进她的心中。像刚才那么点小事还值得吵闹吗——她每次吵过架冷静下来时都要想到这句话。

可是……老头儿也应该回来了。他们以前吵架，他也跑出去过，但总是一小时左右就悄悄回来了。但现在已经两小时了仍没回来。外边正下大雪，老头儿没吃晚饭、没戴帽子、没围围巾就跑出去了，地又滑，瞧他临出门时气冲冲的样子，不会一不留神滑倒摔坏了吧？想到这儿，她竟在屋里待不住了，用手背揉揉泪水干后皱巴巴的眼皮，起身穿上外衣，从门后的挂衣钩上摘下老头儿的围巾、棉帽，走出了房子。

雪正下得紧。夜色并不太暗。雪是夜的对比色，好像有人用一支大笔蘸足了白颜色，把所有树枝都复勾了一遍，使婆娑的树影在夜幕上白茸茸、远远近近、重重叠叠地显现出来。于是这普普通通、早已看惯了的世界，顷刻变得雄浑、静穆、高洁，充满鲜活的生气了。

一看到这雪景，她突然想到她和老头儿的一件遥远的往事。

五十年前，他们同在一个学生剧团。她的舞跳得十分出众。每次排戏回家晚些，他都顺路送她回家。他俩一向说得来，却渐渐感到在大庭广众之下有说有笑，在两人回家的路上反而没话可说了。两人默默地走，路显得分外长，只有脚步声，真是一种甜蜜的尴尬呀！

她记得那天也是下着大雪，两人踩着雪走，也是晚上八点来钟，她担心而又期待地预感到他这天要表示些什么了。在河边的那段宁静的路上，他突然仿佛抑制不住地把她拉到怀里。她猛地推开他，气得大把大把抓起地上的雪朝他扔去。他呢？竟然像傻子一样一动不动，任她把雪打在身上，直打得他像一个雪人。她打着打着，忽然停住了，呆呆看了他片刻，忽然扑到他身上。她感到，有种火烫般的激情透过他身上厚厚的雪传到她身上。他们的恋爱就这样开始了——从一场奇特的战斗开始的。

多少年来，这桩事就像一张画儿那样，分外清楚而又分外美丽地收存在她心底。曾经，每逢下雪天，她就不免想起这桩醉心的往事。年轻时，她几乎一见到雪就想到这事；中年之后，她只是偶然想到，并对他提起，他听了总要会意地一笑，随即两人都沉默片刻，好像都在重温旧梦；自从他们步入风烛残年，即使下雪天也很少再想起这桩事了。但为什么今天它却一下子又跑到眼前，分外新鲜而又有力地来撞击她的心？

现在她老了。她那一双曾经蹦蹦跳跳、分外有劲的腿，如今僵硬而无力。常年的风湿病使她的膝总往前屈着，雨雪天气里就隐隐作痛；此刻在雪地里，她每一步踩下去都是颤巍巍的，每一步抬起来都十分费力。一不小心，她滑倒了，多亏地上是又厚又软的雪。她把手插进雪里，撑住地面，艰难地爬起来，就在这一瞬间，她又想起另一桩往事——

啊！那时他俩刚刚结婚，一天晚上去平安影院看卓别林的《摩登时代》。散场出来时外面一片白，雪正下着。那时他们正陶醉在新婚的快乐里。瞧那风里飞舞的雪花，也好像在给他们助兴，满地的白雪如同他们的心境那样纯净明快。他们走着，又说又笑，接着高兴地跑起来。但她脚下一滑，跌倒在雪地里。他跑过来伸给她一只手，要拉她起来。她却一打他的手："去，谁要你来拉！"

可现在她多么希望身边有一只手，希望老头儿在她身边！虽然老头儿也老而无力了，一只手拉不动她，要用一双手才能把她拉起来。那也好！总比孤孤单单一个人好。她想到楼上邻居李老头，老伴死了，尽管有个女儿婚后还同他住在一起，但平时女儿、女婿都上班,家里只剩李老头一人。星期天女儿、女婿带着孩子出去玩,家里依旧剩李老头一人——年轻人和老年人总是有距离的。年轻人应该和年轻人在一起玩,老人得有老人伴。

真幸运呢!她这么老,还有个老伴。四十多年两人如同形影紧紧相随。尽管老头儿性子急躁,又固执,不大讲卫生,心也不细,却不失为一个正派人,一辈子没做过亏心的事,始终没有丢弃自己奉行的做人原则。她还喜欢老头儿的性格——真正的男子气派,一副直肠子,不懂得与人记仇记恨。粗线条使他更富有男子气……她愈想,老头儿似乎就愈可爱了。如果她的生活里真丢了老头儿,会变成什么样子?多少年来,尽管老头儿夜里如雷一般的鼾声常常把她吵醒,但只要老头儿出差在外,身边没有鼾声,她反而睡不着觉,仿佛世界空了一大半……

她在雪地里走了一个多小时,大概快十点钟了,街上已经没什么人了,老头儿仍不见,雪却稀稀落落下小了。她的两脚在雪地里冻得生疼,膝盖更疼,步子都迈不动了,只有先回去,看看老头儿是否已经回家了。

她往家里走。快到家时,她远远看见自己家的灯亮着,有两块橘黄色窗形的光投在屋外的雪地上。她的心怦的一跳:

"是不是老头儿回来了?"

她又想,是她刚才临出家门时慌慌张张忘记关灯了,还是老头儿回家后打开的灯?

走到家门口,她发现有一串清晰的脚印从西边而来,一直拐向她家楼前的台阶前。这是老头儿的吧?

她走到这脚印前弯下腰仔细地看,却怎么也辨认不出那是不是老头儿的脚印。

"天呀!"她想,"我真糊涂,跟他生活一辈子,怎么连他的脚印都认不出来呢?"

她摇摇头,走上台阶打开楼门。当将要推开屋门时,她心里默默地念叨着:"愿我的老头儿就在屋里!"这心情只有在他们五十年前约会时才有过。

屋门推开了,啊!老头儿正坐在桌前抽烟。地上的瓷片都被扫净了。炉火显然给老头儿捅过,呼呼烧得正旺。顿时有股甜美而温暖的气息,把她冻得发僵的身子一下子紧紧地攫住。她还看见,桌上放着两杯茶,一杯放在老头儿跟前,一杯放在桌子另一边,自然是斟给她的……老头儿见她进来,抬起眼看她一下,跟着又温顺地垂下眼皮。

在这眼皮一抬一垂之间,闪出一种羞涩、发窘、歉意的目光。这目光给她一种说不出的安慰。

她站着,好像忽然想到什么,伸手从衣兜里摸出之前夺走的烟嘴,走过去,放在老头儿跟前。什么话也没说,赶紧去给空着肚子的老头儿热菜热饭,再煎上两个鸡蛋……

悄悄地，喜欢过你

　　有些爱，我们选择放在心底，"不宣之以口"。它发生得猝不及防，陷落得莫名其妙，结束时，只需自己应许。

　　欲得真心，却瞒住真心。暗恋是曾经年少，写给光阴的甜蜜与青涩。

　　悄悄地喜欢一个人，算什么？

　　你也许会想到"风陵渡口初相遇，一见杨过误终身"的郭襄，惊鸿一瞥的初见，却没有合衬的机缘，她把情愫暗藏心底，用一生芳华去祭奠；也许会心疼《重庆森林》里古灵精怪的女孩阿菲，无问结局，以自己的方式守护着她的"663"。

　　兜兜转转了别人的遗憾，最后，你的视线落回自己的青春。轰轰烈烈的年华中，谁不曾有过一场爱恋，无声却猛烈。说不准究竟是在什么时间、什么地点、什么光线与温度下，你看见了一眼倾心的风姿，听到了惊艳己心的谈吐，得到了猝不及防的关怀……

　　于是，心被挑惹，毫无征兆地"漏了半拍"。暗恋是一个人

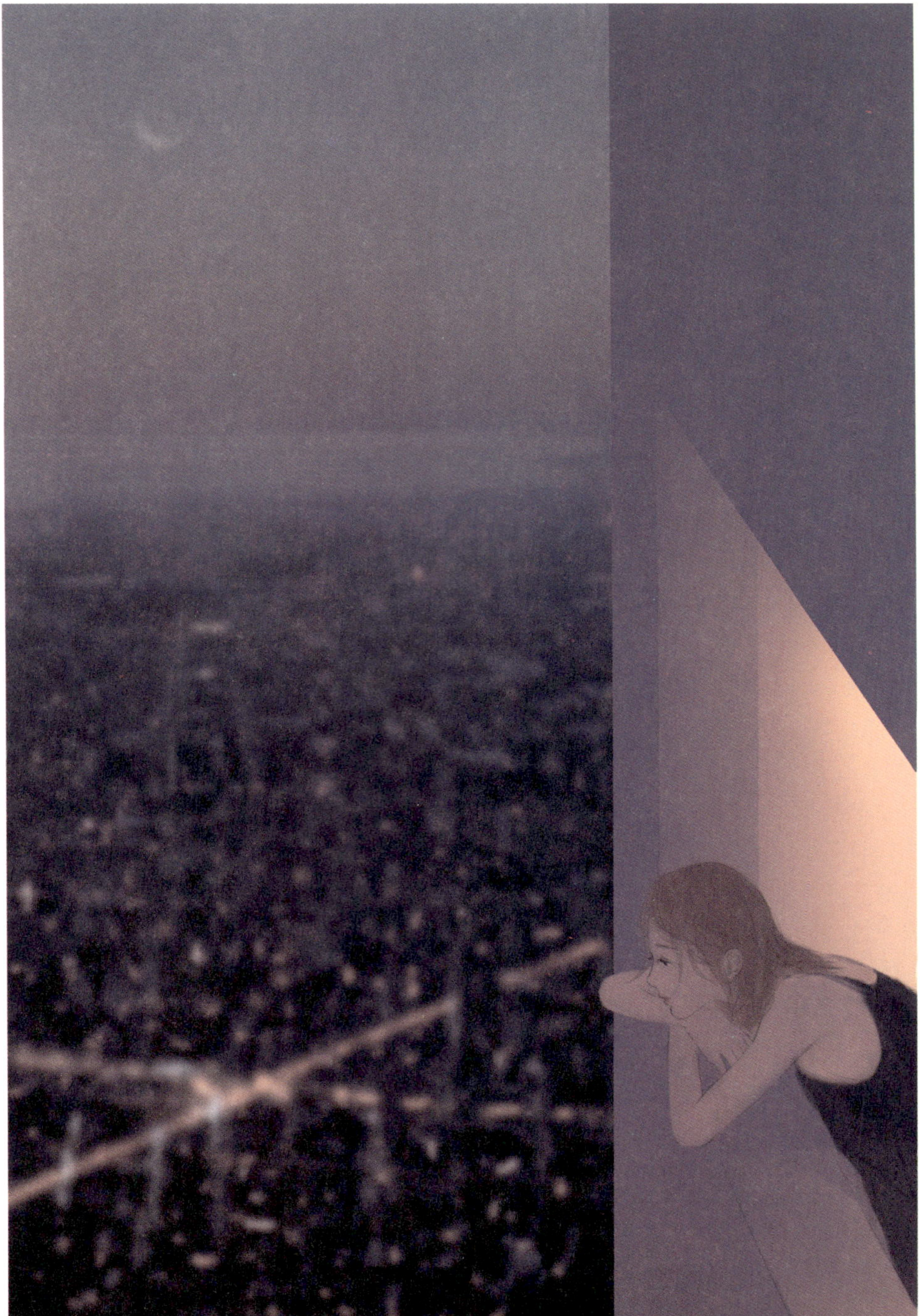

的悲欢，是隐秘的情感发酵出的独角戏。

清楚着Ta出现的时间："你在下午四点来，从三点钟起，我就开始感到很快乐，时间越临近，我就越来越感到快乐。到了四点钟以后，我就会坐立不安。"

躲闪着Ta可能的目光："你的眼睛还没掉转来望我，只起了一个势，我早惊乱得同一只听到弹弓弦子响的小雀了。我是这样怕与你的灵魂接触。"

坚信着Ta对你的意义："只有在看到你的那一刻起，我身边的城市才有了生气，我也在这时恢复了生机。你是我永恒的梦。我没想到的是，同相隔无数山川的距离相比，我在月光下，隔着一扇玻璃看你，心里和你的距离还是一样遥远。"

情愿着卸下你的骄傲："遇见你之后，我变得很低很低，低到尘埃里去，但我的心是欢喜的，并且在那里开出一朵花来，那股欢喜劲啊，混杂着委屈，按下去又鼓起来，反反复复……"

辩解着被识穿的慌张："对不起啊，因为平常实在没有特别喜欢过一个人，所以喜欢你的时候才会手忙脚乱。明知道这样不好，可还是没办法变得更好一点。就好像手忙脚乱这种事，是和喜欢你一样没办法控制的事一样。原谅我喜欢得这么糟糕。"

不是所有的爱慕都能得到回应，也不是所有的爱恋，都能以恋爱收场。暗恋，值不值得，何需定判？作家东野圭吾说："明知没意义，却无法不执着的事物，谁都有这样的存在。"

重要的是，我们曾经那样真诚、那样温柔地喜欢过；那样默默无语、毫无所求地爱过。这些情愫,不足为外人道,却是往后余生,我们频频回顾寻得解慰的记忆。

是的啊,每当想起那场局促中有甜蜜、逃避里有期待的心事,梅花便落满了南山。

单身的 50 个理由

你为什么单身?

也许,当我们更清醒地认识了自己,便会知道自己想要什么,更知道自己不想要什么。也许,我们并不是不渴望爱,只是胆怯被动的性格、舒适固定的圈子、害怕受伤的恐惧……每一样都羁绊着我们追求爱的脚步。也许,爱情本就是一个从无到有的过程,在我们抵达真正的终点之前,都必有这段"孤独的修炼"。

这里是单身的50个理由,那么,你单身的理由又是什么呢?

讲述者 | @R

为了避免结束而避免一切开始。

讲述者 | @赫赫her

因为我自己太有意思了,不太需要他人陪伴。

讲述者｜@五花马千金球

　　因为懒。嘴上说着想脱单，行动上却不愿做任何努力，甚至处处表现为拒绝。我不是"单身贵族"，我是"单身懒族"。

讲述者｜@哦吼啊哈

　　不主动社交，更不知道怎么和异性聊天，一聊就聊死。

讲述者｜@不想就不想

　　社交圈太窄，遇见异性已经很难，遇见喜欢的就更难了。

讲述者｜@小海

　　周国平这段话完美代表了我的心声：我天性不宜交际。在多数场合，我不是觉得对方乏味，就是害怕对方觉得我乏味。可是我既不愿忍受对方的乏味，也不愿费劲使自己显得有趣，那都太累了。我独处时最轻松，因为我不觉得自己乏味，即使乏味，也自己承受，不累及他人，无须感到不安。

讲述者｜@只我草莓味儿

　　不相信有人会真心喜欢我。

讲述者｜@奥斯卡最佳昵称奖

　　有固然是很好，没有也不是不行。

讲述者丨@乖乖-q

间歇性想谈恋爱,持续性享受单身。

讲述者丨@别翻垃圾堆

觉得恋爱好麻烦,又要见面又要时常看手机,而我自己有好多事要料理。

讲述者丨@康终

不敢追自己心动的,喜欢自己的又看不上。最后把一切失败推向"缘分未到"。

讲述者丨@蓝画画

自己不优秀,又不想将就。

讲述者丨@早睡早起为什么就做不到呢

对人性看得太悲观,相信爱情,但不相信自己的性格会得到爱情。

讲述者丨@饥饿的胡涂涂

怦然一动很容易,怦怦怦怦就很难。

讲述者｜@KItschi小陈鸭

　　套用一首歌的歌词："我从来不想独身，却有预感晚婚，我在等世上，唯一契合灵魂。"

讲述者｜@小螺号

　　恋爱这种事，大概率要费钱、费时、费心，这三样，目前的我刚好一样都没有。

讲述者｜@漠逸

　　我发现自己没办法对任何人诉说内心的痛苦，以及，非常恐惧把自己的喜怒哀乐交给另一个人掌控。

讲述者｜@小鹿今天恋爱了吗

　　因为上次爱人已经用尽了全部力气。

讲述者｜@川

　　永远喜欢上不喜欢自己的人。

讲述者｜@DA_MI_Z

　　单身太久，久到怀疑自己是不是没有心，不会喜欢别人了。

讲述者｜@Jasmine宋

当感情来的时候，下意识觉得"好麻烦"和"我不配"。

讲述者｜@粽少

没有心力去重新了解一个人，也害怕踩坑，因为没有大把时间可以试错了。

讲述者｜@张木期

感觉单身久了真的会得"单身癌"，如果有人稍微走进你的生活，就会有种生活节奏被打乱的不安感，尤其是在需要牺牲自己的时间与喜好去取悦另一个人的时候。

讲述者｜@hhomonid

生理和心理都很抗拒亲密关系和接触。

讲述者｜@佚名

太爱自己，没办法爱别人。一想起，要和另一个人相处，恐惧感就随之而来。怕越陷越深，怕情难自抑，怕变得不像自己。我不想让自己受到一点点伤害。

讲述者｜@FChen_T

没有探知别人生活的欲望。

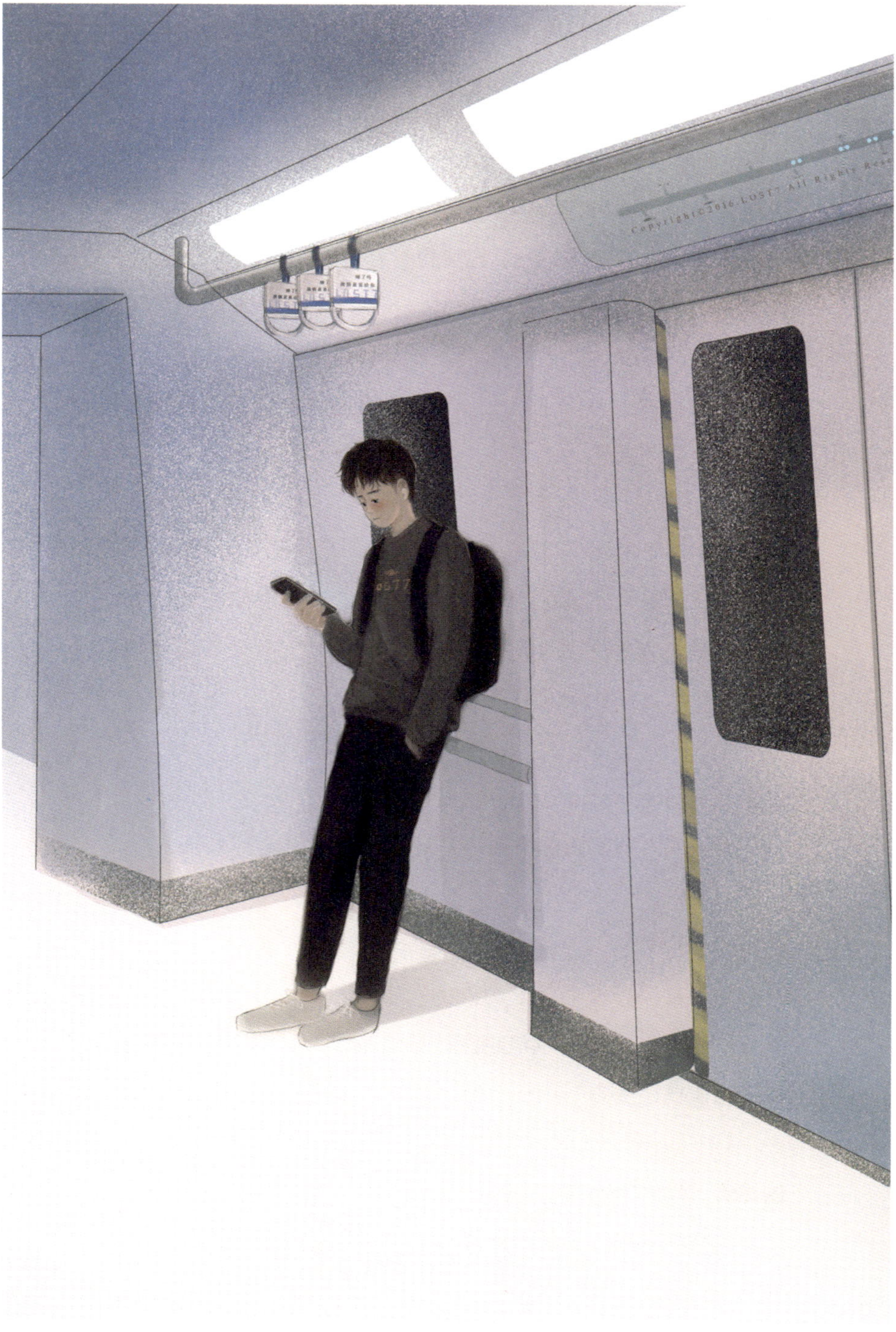
Copyright©2016 LOST7 All Rights

讲述者｜@iwhowho

不愿意给"虽然没那么喜欢但对自己好"的人机会。

讲述者｜@苹果星人

太理智太清醒也太聪明，对别人的套路看得明白并且不想上套。

讲述者｜@书媛kk

我觉得心太宝贵，还是自己留着比较好。

讲述者｜@信的浪漫逃亡

光是自己一个人过好就已经竭尽全力了。

讲述者｜@vv-Lxy

所有钱都可以给自己花！太开心。

讲述者｜@有木桑

并不是所有人都必须找个人黏在一起。
单身也是一个正常的状态。

讲述者｜@水原栗子

一旦你感受到单身的平静并开始享受它，就再也不想应付别人了。

讲述者丨@Zombie

没有人不渴望爱，但如果现在暂时没有人爱我的话，也没关系，努力让自己更棒好像也能收获快乐。

讲述者丨@back_31556

因为一直被足够的亲情和友情治愈，爱情变得不那么重要，是锦上添花而非雪中送炭。

讲述者丨@沈孝柔

一个人单身太久，就会把自己活成理想型的样子。

女性的爱情多数始于欣赏或崇拜，越单身就越容易看不上别人，经常会觉得：他怎么还不如我……然后就只能单着了。

讲述者丨@一颗柠檬

错过了恋爱的最佳时间，一转眼就过了合适的年纪。

讲述者丨@黑色石头

身边没有很好的榜样，让我一直对爱情和婚姻抱有怀疑。

讲述者丨@聿愈郁

对恋爱有理想主义的倾向。

讲述者 | @只是一只卷

　　我觉得大部分人喜欢你，

　　他们就想普普通通地喜欢你一下，

　　和你在一起。

　　摸摸你的叶子，亲亲你开的花。

　　这时候你不能，

　　把地下盘根错节的根系都连根拔起，

　　放到天光之下，放到他面前，

　　说，你看一看吧，求求你连它们一起爱我，

　　这才是我本来的样子呀。

　　很遗憾，你就是不能这么做。

讲述者 | @佚名

　　恋爱的快乐，怎么比得上追星。

讲述者 | @精准记忆

　　我好像很难去喜欢生活中的男性，就连荧幕上的也从迷恋各种帅哥，逐渐变成了迷恋各种美女。

讲述者 | @给你一个wink

　　因为"长得不美"，但"想得很美"。

讲述者 | @P.D.Ace

赚的钱只够养活自己。

讲述者 | @突然出现的小杰瑞

忙碌可以解决生活中80%的烦恼，包括想谈恋爱。

讲述者 | @爱笑的橙子x

偶尔羡慕情侣，常常庆幸自由。

讲述者 | @Atropa

只有我一个人觉得单身是真的爽吗？
我对恋爱的态度是，
也不是不可以，但是宁缺毋滥。
这人得跟我契合到灵魂伴侣的程度，
才能让我放弃现在爽爆了的单身生活，
去进入一段关系。
我觉得那些认为单身孤独、无聊、沉闷的人，
还是可做的事情太少了。
我一周就两天休息，
连我自己想做的事情都排不过来。

讲述者｜@天天ToTo

　　王尔德不是说了吗：

　　"爱自己是终生浪漫的开始。"

讲述者｜佚名

　　不要再问我为什么不谈恋爱了，你为什么不上清华，是因为不想吗？

讲述者｜@王锡纸

　　你为什么单身？

　　我也不知道啊。

好好生活，终会相遇

我们采访了18位正在恋爱或已婚的青年，邀请他们分享自己的脱单经历，希望能为那些想爱却苦于不知如何去开始一段恋情的青年，提供一些脱单思路和可借鉴的脱单招数。

请相信：总有一个人，会跨越山河湖海，为你而来。

还等啥？直接告白

讲述者｜知猫&小弋

有些爱情也许在很久以前就已经埋下种子了。我和我老公从小学一年级就是同班同学，开学没多久，他就跑到我面前说：我喜欢你。面对人生中第一次收到的表白，紧张和慌乱充斥着我的大脑，于是在整个读书时期，我都没有给过他一个好脸色，他也就作罢。后来因为升学，我们几乎失去联系。

随着年龄的增长，我开始怀念那个我讨厌了整个童年的男孩。2019年夏天，26岁的我们在泳池偶遇，并以"复兴号"的速度坠入爱河，不到一年时间就结婚领证了。现在我们很幸福，他时常庆幸在20年前就在我心里埋下一颗种子，才让我们的爱情在此刻绽放得如此美丽。

别拒绝相亲

讲述者 | 猫宁

4年前，29岁的女编辑和32岁工科男博士，大龄相亲，狭路相逢。第一次见面，他请我吃驴肉火烧；8块钱停车费讲了3次价；逛免费公园，看见广场舞还情不自禁扭两下……雷点太多，朋友都劝我别将就。

后来，我生病。他帮我找床位。术后那晚，医院只准一人陪护，我妈让他回家。第二天一早，病房刚开门，他蓬头垢面进来，说心里放不下，在停车场窝了一夜。翻身擦洗，穿衣喂饭，他握着我的手，眼睛红红不说话，疼也仿佛被他分去了大半。我尚未从病中恢复，妈妈咳血，查出癌症。他心疼，与我并无二致，又陪我走上求医问药的路。

后来，我们结婚了。我们有多少不同，就有多么互补：我自由，他严谨；我散漫，他自律；我豪爽，他节俭……那晚，牵手散步，我笑说，就像自己左手牵右手，不似恋爱时的心跳了！他

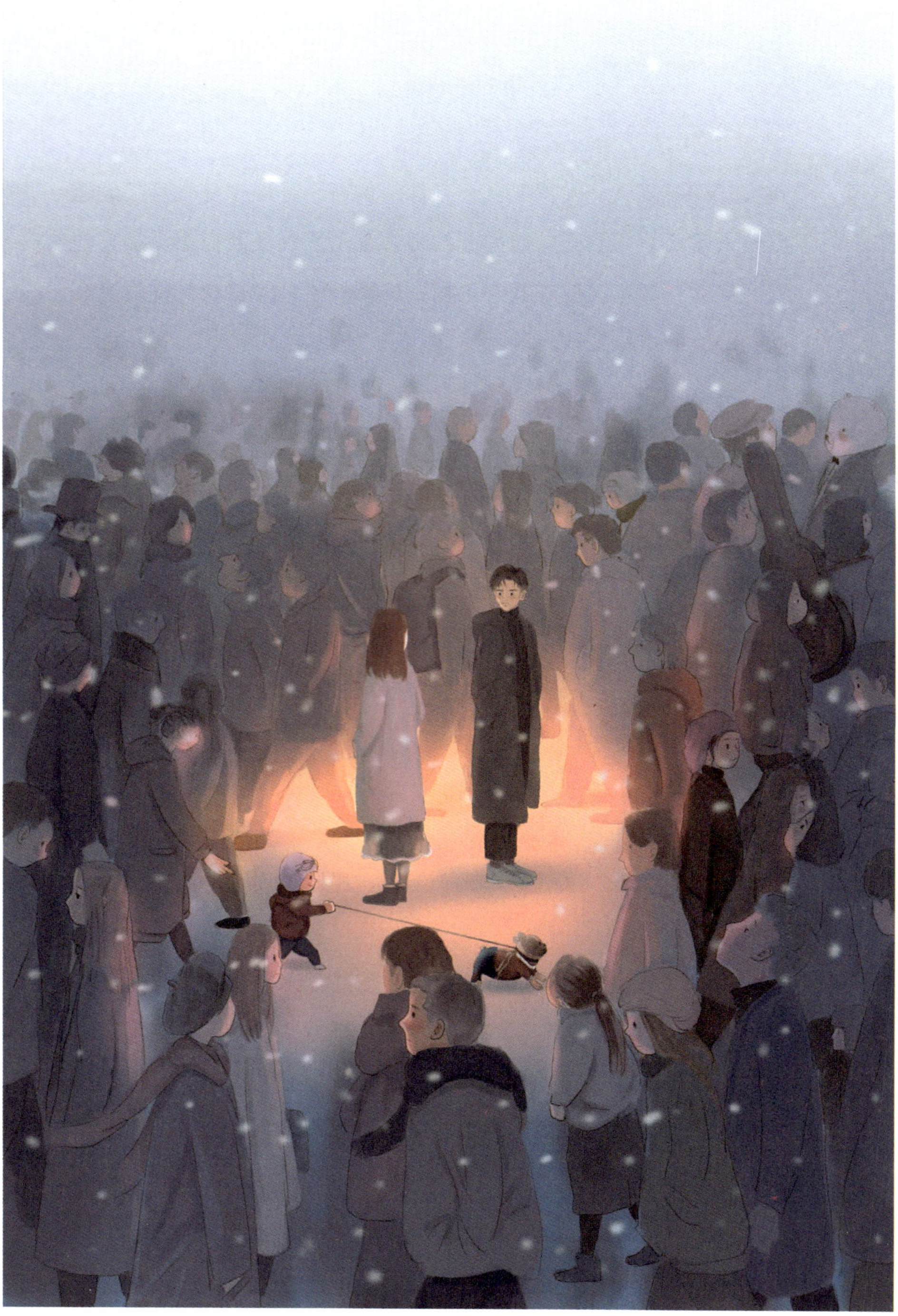

说，是啊，但松开了，就像剁掉了自己手。

爱情这事啊，年轻时固然有青涩之醉人，成熟时却独有深沉之甘醇。

别拒绝相亲，还要坚持相亲

讲述者｜小萌主

我们是相亲认识的。用我老公的话说，就是：坚持相亲，虽然遇到了奇葩，但还好最终遇到了Mr.Right！

在北京，我俩住处相隔三四十公里，但他每天坚持接送我，陪我加班，然后自己再回家。生活中还有很多类似暖心的小事，比如走路让我走里侧；每周会下单买水果送到我单位，尽管不是啥值钱的东西，但心意难得。

另外，他人很有趣，尽管有时候也有点傻傻的，但瑕不掩瑜，哈哈哈。人生路那么长，一定一定要找个有趣的人度过。

向对方求助！

讲述者｜黑眼圈消失不见了的snow

我们的故事要从七年前说起。那时我刚从长沙跳槽来到北京，他还在读博士。由于新工作入职前需要交体检报告，没时间领取的我就找了他帮忙。当然，在这之前，他在我学长的微信上看到了我的照片，就"不怀好意"地加了我。于是，他帮忙领取体检报告并当面转交给我时，一见钟情的桥段上演了。并且，相处三个月后我们闪婚了！

频繁向对方求助！

讲述者｜影子哥

　　我当时是一见钟情吧，有那么一次工作机会，见到理想型（就是我现在老公），就看对眼了。本来没什么联系，就作罢了，没想到后来同去一个地方采访又碰见了。之后每次去工作前，他还特贴心给我发个短信（那会儿没有微信，字一个一个码不容易，暴露年龄了），说这个地方应该到第几个路口右转，看到哪个牌子要下坡，还要经过一段石子路……写得特别细致！

　　我当时就觉得这人也太贴心了吧！好感度直线上升！就相当于"搜索引擎+地图APP"了，每次遇到啥问题就问他，久而久之就依赖了，好上了呗。

瞅准时机，送爱心

讲述者 | 一个乘客

我那个时候是出差去海口，在飞机上遇见了一位空姐。从多要一盒饭开始，到要水要睡毯，我发现三番两次呼唤，她都没有不耐烦。看到她的姓名牌，我就记下了她的名字。记得那天机场排队搭出租车的队伍特别长，煎熬地移着步子，就在很快轮到我时，蓦然回首，竟发现她在队尾，于是喊了一下她的名字，"快来，马上到我们了"。被她抬头寻找声音的表情惊艳到了，惊鸿一瞥的那种。她拉着箱子跑过来，站到我的面前，小声问道："你怎么知道我的名字……"于是，这次"理直气壮的插队"，令我们熟络了起来。

完全可以"自作多情"

讲述者 | 水瓶座

大四那年，校报招人，我去应聘校报编辑，总编面试并录用了我，然后我给他写了一个整版的电影报道。在一起的原因很莫名其妙，就是他以为我喜欢他，我以为他喜欢我。其实细想想，真正有缘分的人，在一起都是很容易的，天时地利人和都推着你们在一起。

完全可以大展才华

讲述者 | 阿柴

我脱单靠的就是才华!

我那个时候是在人人网上面写文章,然后他来加我好友,我从来不加陌生男生的好友,但是他加我的时候说,哇,你的文章写得好棒呀,从来没有看到过这么让人开心的文章,然后我就膨胀了……就加了他。

真的,别藏着掖着

讲述者 | 变面豆腐人

当时因为刷微博评论了她,然后从陌生变成相识。之后一起去唱歌,突然发现她唱歌原来那么好听,便被深深吸引,回家的路上便发了一句"你唱歌挺好听,不知道以后还能不能经常听到",意外的是,她回了一句"如果你喜欢的话,当然可以",就是这简单的一句回复,让我们最后从相识走到相知。

从韩国漫天飞雪的街道,到一起睡在首尔机场坚硬的板凳上,从一起在广州塔顶吹着瑟瑟寒风,到新加坡亚洲大陆最南端感受湿润的海风。最终幸福地携手步入婚姻的殿堂,开启了现在幸福又"闹腾"的小日子!

互粉，点赞

讲述者 | Bodak AKA 低调王

我从单身到脱单，前后大概就十天。我们是微博上的互粉好友，我有意无意总给她点赞，这样因为共同的兴趣爱好，就有了最初的交流。等加了微信，一拍即合！我一直都不怎么喜欢熬夜，没想到在刚认识那会儿，一连几天聊到凌晨两三点。后来见面，聊的话题越来越多，线上没聊完就见面聊，见面聊不完就再回到线上聊，"一拍即合"变成了"相逢恨晚"。

我觉着应该是先了解自己喜欢什么样的人，然后努力自己进步，在各方面配得上理想型；最后等待机遇、抓住机遇，抓住机遇的时候再厚脸皮一些吧。

找话题，常约饭

讲述者 | 茄子

我和姐姐因为工作在三四年前就认识了，但交集不多。偶然聊天聊到了金庸、《三体》等，之后就很频繁地聊书聊电影，简直无所不聊。当时对她很钦佩，有点心生爱慕吧。但我在出长差，短短见了一面之后她又进综艺剧组，两个人都很忙就不了了之。重新联系是因为去年我同学找实习，那时候我和姐姐已经很久没说过话了，可我还是想抱着试一试的心态，想用推荐实习生来打开话口。没想到她很积极地回复我，我迅速展开聊天话题，立即约饭！

真正往前走一步是有一次我俩在出租车上，我说我们两个肤色对比好明显，拍照会不会有一个拍不出来？两个人手靠着手准备拍照时，我就直接牵住她的手说，"这样对比更明显"，她也算更明白我的心意了。当天晚上她微信就问我："今天我们是什么？dating（约会）吗？"我说："如果算dating的话，什么时候才可以第二次dating呢？"之后就在一起啦！

打游戏，但是别只顾着打游戏

讲述者 | 沃沫

我玩射手他玩辅助，好几次他都为了保护我被敌人打"死"，或者我和敌人大战输了，他去给我报仇，还有时候自己冲过去牵制住敌人，让我先跑路回家，别回头救他。每次这种场景出现都有点小感动！他可真是个暖男呀。现在我们已经结婚了，还会一起打游戏，他不用担心女朋友不让他玩游戏，因为我会陪着他一起。

看电影可以，但别只顾着看电影

讲述者 | lin

　　那会儿拍个微电影，需要找一个女主角，经朋友介绍认识了她。拍摄过程中在镜头里一直在观察她，等发觉自己喜欢上她时，眼睛已经离不开她了。拍完之后不想断了联系，就约她看电影，看电影过程中，我心猿意马，就表白了。

　　据她讲，我打动她的地方就是——她在我面前展示最真实的自己后，我居然还能追她。她说，当初担心我追到手就不珍惜了，现在发现我已经用实际行动回应了那句告白：你不信现在就和我在一起，看看我会不会一直对你好。

爬山

讲述者 | 葳蕤定会心想事成

　　当时忘了是因为啥事，心情一直不好，被同学拖着去参加海坨山一日游。他上车时迟到了，就坐在我前面，我们简单打了招呼。登山时，我跟同学落在后面，他冲在前开路，一路都没有交集。

　　等爬到山顶的一片平地时，云深草青风轻，我们碰面了。他问，怎么一路没有看见你？就这样，回程他一直在跟我闲谈，被他的东北味逗得不行……之后一直联系，慢慢就好上了。

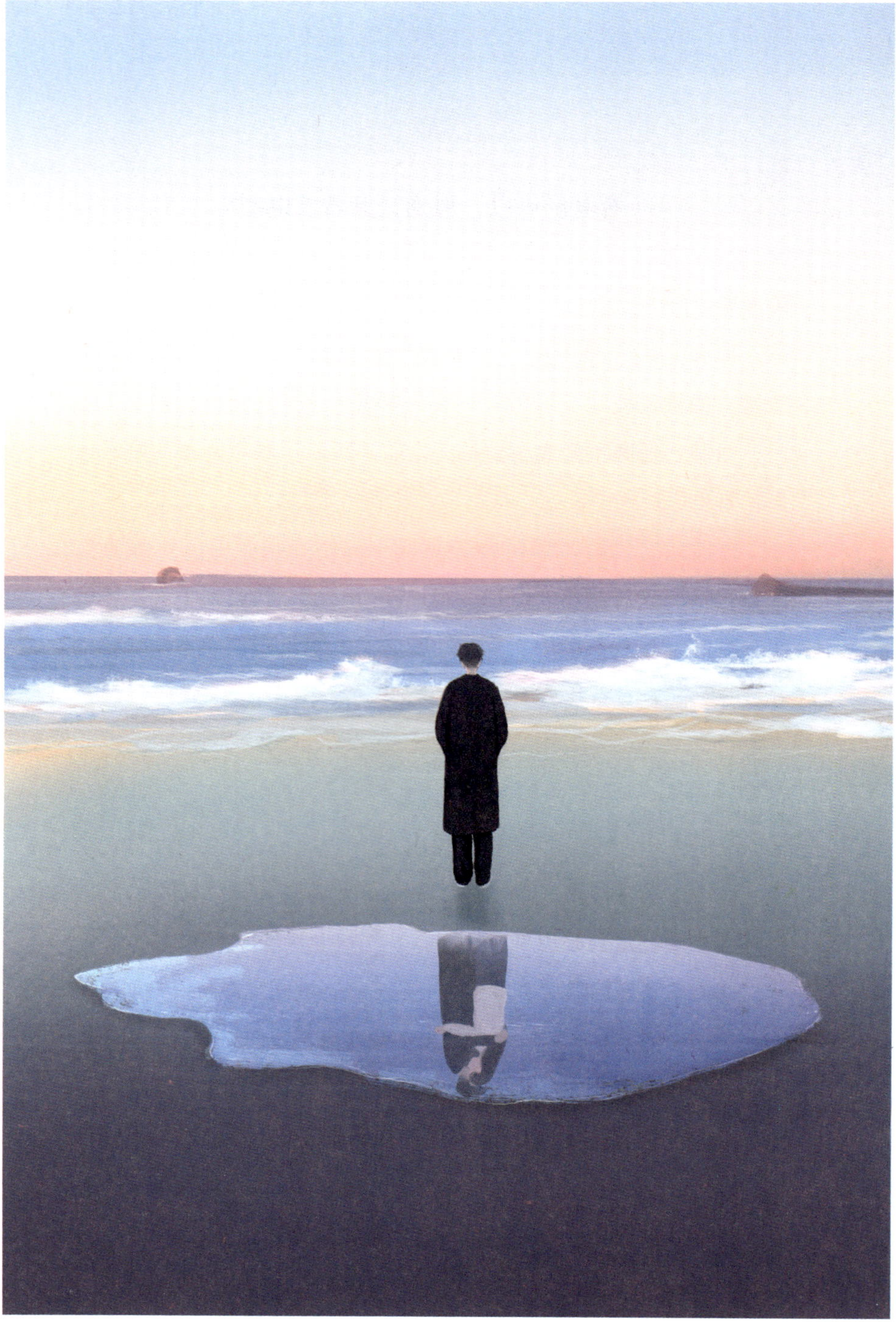

同学聚会，还是露个面吧

讲述者 | 百忧解姐姐

我俩就是在同学聚会上认识的。

我的好朋友要出国留学了，走之前她邀请大家一起吃饭。她男朋友的好朋友，就是我现在的老公，我俩一见钟情，后来谈了5年恋爱结婚了。当时这对组织聚会的情侣，却没有走到最后，我们结婚的时候本想感谢他们，但是他们都还没放下对方，特意告假没来参加我俩的婚礼。

好好实习，天天向上

讲述者 | 听说很爱璐

我们不同校，是推研后闲来无事实习时认识的。我报到的第一天是他实习的最后一天，俗称"一天之缘"。那天天气很好，遮光板柔和了刺眼的阳光，他就那么坐在窗边，手指在键盘上飞舞着，不得不说，手控的我被柔光效果下他的侧颜和纤细雪白的手指吸引了。

中午去食堂吃饭，我没饭卡，他跑过来把卡递给我，结果有人说用老师的卡刷。对于我的婉拒，到现在他都耿耿于怀，"就不能接过去吗？知道我鼓起多大勇气嘛"。后来的后来才知道，原来当年通知我去实习的那通电话竟是他打给我的！缘分真奇妙啊，遇见他我才知道真的有双方奔赴的一见钟情和怦然心动。现在在一起8年，结婚3年。

让周围人知道你是单身，求介绍

讲述者 | Z

我对象是我的客户介绍认识的，由于是关系很好的客户，不太好意思拒绝，就抱着交个朋友的心态对待。出于礼貌，加了微信后就随便聊聊，却意外发现我们有很多共同点，渐渐对对方产生了好感。

其实也有犹豫过，因为我们在不同城市工作，平时也忙。不过，他还是改变了计划，买了高铁票回来跟我见面，确认了关系。恋爱后，只要周末有时间他都会回来见我。

是不是对的人，有时一起旅行一次就晓得了

讲述者 | 腾隆

跟她第一次见面，是在给同学的朋友帮忙时，发现她很有爱心，自己很有被照顾的感觉。后来我约她去青岛啤酒节，因为出

发晚了,临近节日尾声,喝了最难喝的啤酒,错过了最精彩的演出,开了最长的夜路,而这一切,她欣然接受,在车里睡得香甜(睡得像小猪一样都打呼噜了),毫无防备,真实到感人。看她熟睡的样子,我就觉得这就是我一辈子要照顾的人了吧。

我本来是想车开到沙滩边上,把她叫起来跟她告白的。但是她睡得太香了,我都叫不醒。反正就这样自然在一起了,那次赴约,我觉得她能答应,本身就是一种同意。

你好，生活

你认为的美好生活是什么？

是阳光和煦的午后，与友人来一场不设防的轻松交谈；是傍晚推开家门，映入眼帘那道热气腾腾的家常菜；是闲适惬意的晚上，和爱人相偎灯下一起读书；是某个不知名的日子，与街头的一只小猫不期而遇……

每个人的答案也许不尽相同，因为每个人的故事都是孤本，但在这些不同的故事里，我们还是隐约可以看见美好生活共同的模样：家人健康、知己三两、爱人在旁、萌宠可亲。

1

家人的陪伴，容易习惯，却常常忘了要珍惜。人世间最大的遗憾，是子欲养而亲不待。在家人健在时，在还能给予时，尽量多陪伴他们吧，永远不要觉得日子还长。

讲述者丨尼格买提

2016年10月13日，这个日期我永远都不会忘记，我姥姥走的那天。那几天本来计划回新疆看她,但是因为一个工作,已经答应了,就说做完这个工作晚上再回去。当我工作结束的时候,就接到我妈的电话,说人已经不在了。

按常理来说,接到电话那一瞬间,应该是号啕大哭或者特别痛,但是我却异常平静,我还特别平静地跟节目组的人告别,然后拿上行李来到机场,特别平静,好像没事一样。

等到过了安检坐下来,突然有一根弦"啪"就断了,好像那个开关一下打开了一样,那一刻我就控制不住了。我之前的平静是真实的,那一刻控制不住号啕大哭也是真实的。

人的感情是,在你最亲爱的人离开这个世界时,瞬间你就觉得自己不一样了,你成长了,你知道什么是情感,你知道什么是爱,你知道什么是痛,那种痛是你这辈子都不会忘记的。

2

小时候,喜欢问朋友跟"最"有关的一切问题:你记得我最喜欢的零食吗?你记得我最喜欢的地方吗?你是我最好的朋友吗?紧张得生怕自己分量不够。但现在我们不问了,也许是因为我们已经找到了答案,我们已经锁定了一些人,在他们面前,我们可以完全放松。

讲述者 | 撒贝宁

志合者,不以山海为远,三两足矣。

我在看《小王子》这个故事的时候，突然觉得有一件事说到了我心坎里。

飞行员画了他人生的第一幅画，是一条蛇把一头大象吞到肚子里，然后他把这幅画拿给大人看，他问大人恐怖不恐怖。

大人说一个帽子有什么恐怖的？后来飞行员说，这是一条蛇，他肚子里吞了一头大象。大人说，你别搞这些没用的，你去关注一下物理、化学、数学。所以他说：我的第一个梦想是做画家，就此结束了。

但是有一天，他在沙漠碰到小王子的时候，小王子一眼就说：为什么这个蛇的肚子里有一头大象？所以他突然就觉得：在一个频道上。

3

爱，宣之于口是一种甜蜜，不公之于众是一种尊重。然而人世间有很多种亲密关系，并不只限于人和人，而是生命和生命间的对话，生活让你们相遇，就注定要写下一段故事。对于宠物来说，你有很多人，你有全世界，但是它的世界只有你。

讲述者 | 康辉

妞妞是特别喜欢和人亲近的一只猫，比如它想表示友好，它就会拿它的头来顶你。我现在特别怀念的是，我每天晚上要睡觉的时候，它永远都会在我的胸口趴着，它会发出那种呼噜声。有的时候我说差不多行了，你赶紧下去吧，我要睡觉了。因为它只要不动，我就没法翻身，有时候你驱赶它两次，它还挺不高兴的，悻悻地走了。

但现在想起来，我再想让它在我的胸口上趴一会儿，已经不可能了。

那种感觉就像孩子一样，包括我写的文章，标题就叫《我的孩子》，我曾经想过波波和妞妞如果都走了，我不再养了，但是现在家里又来了一个"小姑娘"，我老觉得可能是妞妞让它来的，我老觉得是妞妞又回来了。

其实我到现在为止，都不太喜欢用"宠物"这两个字眼去叫它们，我觉得"宠物"老感觉好像我们给它们更多，我们怎么宠啊什么的，但实际上它们给我们的也很多，所以我老觉得它们就是家里人。如果现在妞妞听得见，我就想对它说：妞妞，来，到爸爸胸口上来！

美好生活很难，又好像很容易，漫长的时光和短暂的人生里，就让我们秉持心中热爱，向生活说一声"你好"吧。

本文内容出自《你好生活》节目，文字根据口述整理。

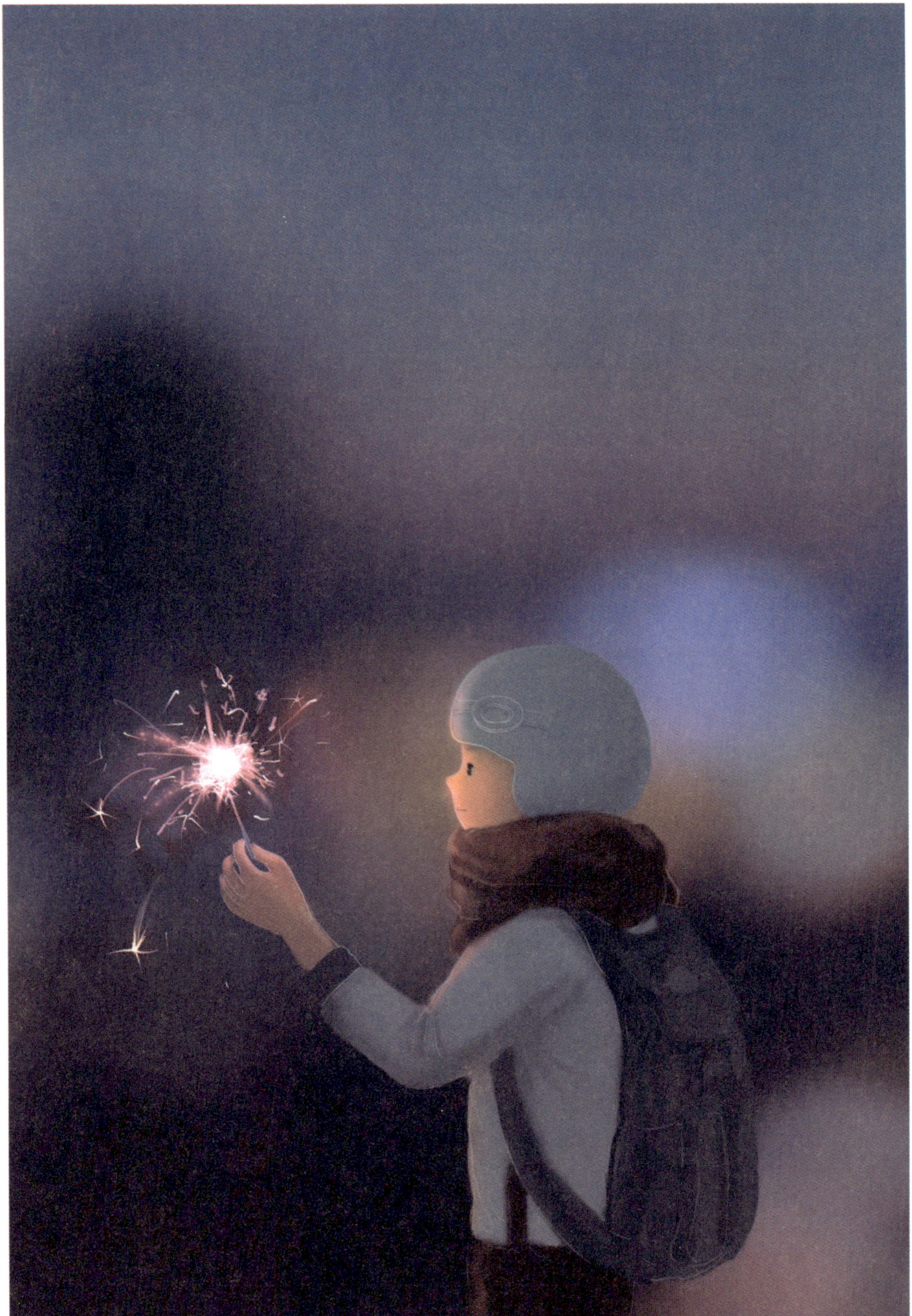

人间浪漫指南

对许多人来说,浪漫不仅是节日提醒下的一个仪式,更是融于日常的关心和用心。

讲述者｜@檀兮ぐ

离家多年,依然坚持每晚和妈妈道一句:晚安。这就是我的浪漫。

讲述者｜@冰

走在路上看到一个中学生捡起掉落在马路上的国旗,轻轻拂去灰尘,卷起小心地放进书包。

讲述者｜@南极洋

大学时,班上一个男生生日,几个女生想了想,送个特别的礼物吧。于是六个女生,一人拿着一枝花,依次走进男生宿舍,一朵一朵递给他。那是他此生收到的第一束花，他应该这辈子也忘不了吧！

讲述者 | @Lion King .

　　瞒着全世界偷偷喜欢一个男孩子，在这个车水马龙的时代，我选择慢下来，用手写信的方式，将暗恋写满了一个又一个本子。也许，"感情中一旦投入，就有化不开的浓烈"，我瞒着全世界偷偷喜欢你，将这份浪漫私藏于心。

讲述者 | @大贵

　　背着爸妈给对方各买了一份礼物，跟妈妈说，爸爸非要买，但他不好意思送；跟爸爸说，妈妈心疼你，让我买的。挑明之后，爸妈一直看着我傻笑。

讲述者 | @诗酒趁年华

　　中考前有一次体育课，突然下了好大的雨，我们被困在操场，没法回教室。本来打算等雨停，结果半天都不停，我就和好朋友脱掉鞋子，穿着袜子冲进雨中，一起高唱"那些年错过的大雨……"

　　回去之后全身湿透继续上课，冷得我们瑟瑟发抖，但后来想起来，真的好有意义，好浪漫。

讲述者｜@顿顿

　　以前姥娘（外婆）在世的时候，有一次她从外面回来，给我买了皮筋，上面带花的那种，说看到的时候觉得我戴上肯定好看，就给我买了。不管过去多久，我都记得这份浪漫和温暖。

讲述者｜@满怀可爱所向披靡

　　每天吃过晚饭，一家人都会去公园散步。爸爸牵着妈妈走在前面，我牵着狗跟在后面，时不时还能看见他们回头叮嘱我别走远了。夕阳的余晖洒在他们身上，给他们镀上一层金黄色的光。每到这个时候，我都会生出岁月静好、父母安康的满足感。也许，所谓浪漫，就是浪费时间慢慢吃饭、慢慢散步、慢慢与所爱的人相伴。

讲述者｜@海望空

　　夏日的午后，和暗恋的女孩坐在图书馆，我没跟对方说过我喜欢她，不过她也许能感觉到。她是一个非常阳光开朗的女孩，有一次，她趁我不注意，悄悄把一只耳机塞进我的耳朵。就这样，我们听着同一首夏天的歌。迄今为止，这仍是我最美好的记忆之一。

讲述者｜@M

　　我做过的最浪漫的事，很小，太小了，但现在还记得。高二爬山看樱花，回来时摘了几枝白色樱花，带给我学习任务繁重的闺密，她也将这几枝樱花好好地养着。双向的情感总是很动人。

讲述者｜@尘希

小学时，花五毛钱买了一个金色的戒指送给妈妈，后来我就渐渐淡忘了这件事，前几年妈妈说那枚戒指她一直珍藏着，因为那是我送她的第一份礼物。

讲述者｜@人鱼线.

做过的最浪漫的一件事：凌晨四点，和几个好朋友一起去爬山，到山顶看如霜的月色，看慢慢升起的朝阳，彼时无声胜有声。

讲述者｜@134340

最浪漫的应该是，在不同的地方、相同的时间拍下同一个月亮，发送给对方。虽然遥遥相望，但赏同一轮明月，处同一片天空下，心是在一起的。

讲述者｜@阳光微凉

快中考的时候备考很紧张，有一次上晚自习突然停电了，我和好朋友在等电来的时候，摸索着下楼，手拉手仰望星空，星星特别好，银河仿佛要泻下来一般。我们一起奔跑、一起呐喊，特别特别浪漫。

讲述者丨@随缘

　　有一阵子，某个品牌的冰饮特别火，但老家没有。"五一"放假回家，特地买了两杯，保温袋加冰袋一路护送，跨过三百多公里的路程，送到父母手里时，饮料的冰还没化。喜欢把自己喜欢的东西和家人分享，父母开心我就开心。

讲述者丨@中华小行行

　　我能想到的最浪漫的事，就是在一个夏天的傍晚，天气微凉，小雨如酥，我和闺密手拉着手走在乡间的路上，她一直教我唱周杰伦的《稻香》。那样的日子既浪漫又幸福。

讲述者丨佚名

　　几年前，我们夫妻分居两地，平时聚少离多。一天晚上，他参加一个饭局，上厕所途中看见天上玉盘似的月亮，立马打电话喊我也去赏月，不善言辞的他还在电话里背起了苏轼的千古名句"但愿人长久，千里共婵娟"。没有炽热的告白，只有含蓄的表达，不浓烈却也足够浪漫。

讲述者丨@乐IU刘

　　大概就是，在房间看到窗外壮丽的日落，立马骑车出去追……

讲述者｜@掠过秋天的海鸥

记忆中最浪漫的事：老屋门前有两棵白枣树，初夏时节，萤火虫满树放光，奶奶坐在门前的竹椅上，一边摇着蒲扇为我赶蚊子，一边唱歌，说是歌，其实只是一些哼唱的"字眼"！可惜奶奶已去世多年，我也工作、结婚、生子，老屋逐渐破败，这场景只能在记忆中了。

讲述者｜@文君

某年夏天，独自一人，卷了张草席到出租屋的楼顶，抖落草席一铺，躺下，竟然偶遇了流星雨，第一次看到那么美的流星，从此念念不忘……

讲述者｜@清欢

高中时，我们四个女生惺惺相惜，是同学也是好朋友。记得高二冬天的一个早上，她过生日，我们三个早早出来，用攒了一周的零花钱买了花和礼物，守在她必经的路口，只为给她一份惊喜和温暖，因为她是单亲家庭……

那是我第一次买鲜花，尽管小脸冻得通红，但见到她的那一刻，依然无比开心。那时的我们青涩却真诚，年轻但炽热。

讲述者｜@清和_Dhoanggg.

做过最浪漫的事，大概是初二那年盛夏，和母亲在天安门广场借宿一晚，身边不时走过整齐的武警巡逻队伍，虽是夜半，却也安宁。

知了声声，蚊虫时来叮扰，我和母亲等在路边，就这样等到将近凌晨四点。看升旗的人们起身排队，等待拦路的红绳打开，争先涌到升旗台附近的围栏的一刻。那种等待应该是有些漫长的，但现在回想起那天，却只记得国旗升起时澎湃的心情——这是我的祖国，脚下是我祖祖辈辈五千年耕耘的沃土，是汗水浇灌的硕果，是无数先烈前赴后继造就的东方，"未惜头颅新故国，甘将热血沃中华"，突然间就有了"我辈"的感受。而今每每回想起，都有正担当着责任的感受。

今年我即将迈入高三，愿奋力前进，只争朝夕。那是我做过最浪漫的事，它告诉了我未来的位置在何处，未来的征途在何方，而现在的自己应如何。

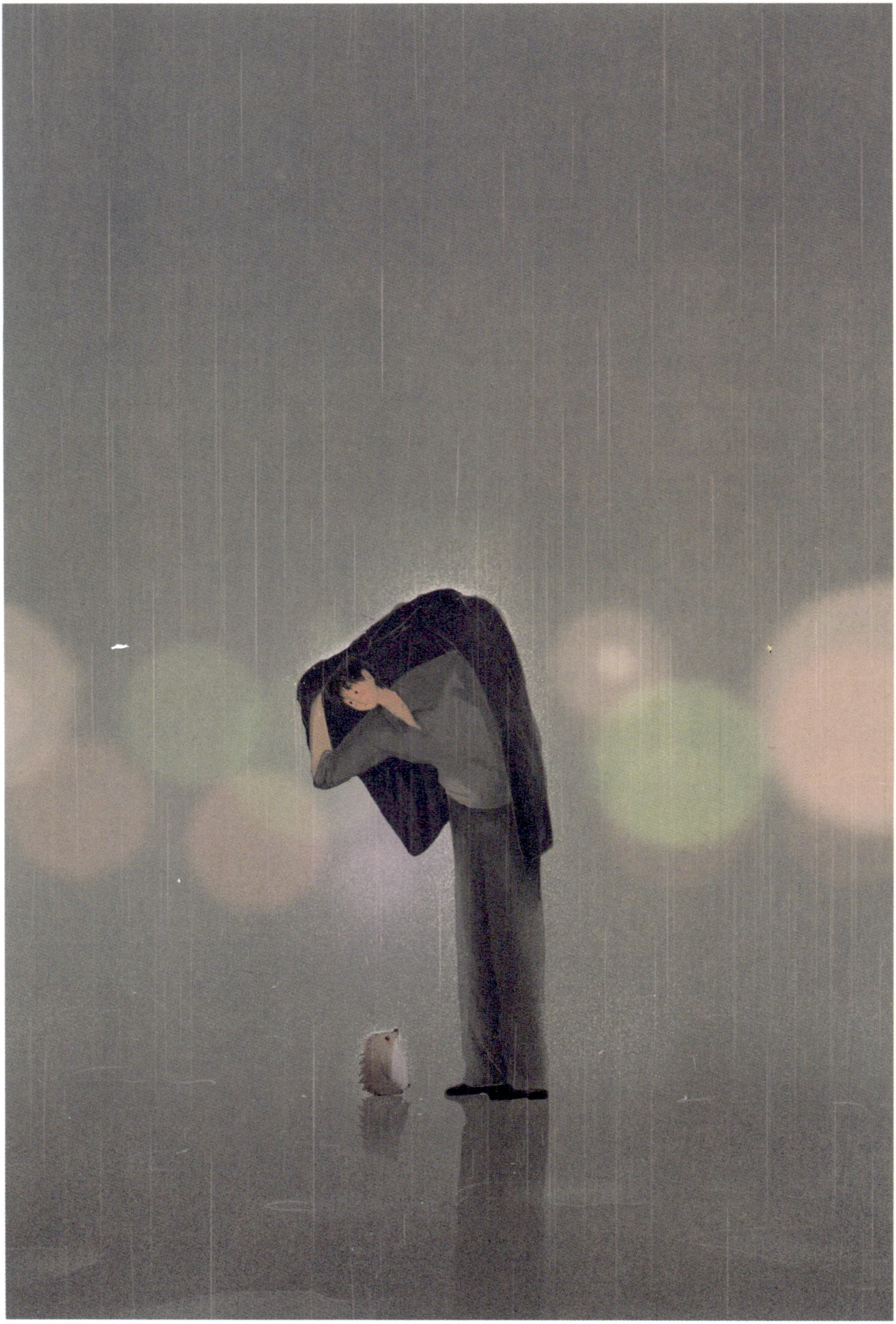

关于善良的18个故事

好像时不时就会听到这样一种说法：现在社会上人与人之间的连接感变弱了，大家都忙着在自己的生活里奔走，人也渐渐变得冷漠和自私。

可真是如此吗？

仔细想想，我们生活中有多少情绪、感动是来自陌生人，这种情感有时甚至比亲情友情更让人动容，因为陌生人没有血缘关系和情感黏性的前提，而只是纯粹地释放人性的善和美。能温暖世间万物的，永远是心底那一抹善良，而这份善良，没有一把尺子可以丈量，没有一种标准可以定义。善良就好，不管大小，不拘形式，不论何时。

剧作家田纳西·威廉斯有一句名言："我总在依靠陌生人的善意。"看过下面这些来自读者的故事，相信你也会赞同。

讲述者｜郭雯

有一天加班到晚上11点，回家路上有个醉汉，我又忐忑又害怕。路口有个小吃店，店主在门口纳凉，遥遥看了我一眼，叫了一声"妞妞怎么那么晚，我送你"，然后一路陪我回家。

其实我不认识他，我也不叫妞妞……

讲述者 | 赵君玲

人生最低谷的那天，我在公园里坐着，没心情看风景，就看老人们唱歌。那个老伯可能看出了我很悲伤，就盯着我，一首接一首地唱。我知道他是在唱给我听，在安慰我。现在想起来还是很感动！

讲述者 | 唐津

还记得几年前，妈妈为了带娃摔伤了，我这边工作刚接手，不太敢请假，心疼妈妈，只能躲在厕所大哭。隔着门，保洁阿姨安慰我："姑娘，别哭，都会慢慢好起来的……"一直未见过阿姨的面，但这句话经常回响在我脑海里。

讲述者 | Questa

刚毕业时南下广州打工，提着个大大的蛇皮袋，里面是爸妈准备的腊肉、腊猪腿……火车到站了，后面有个阿姨看我吃力，就帮我一起拎着蛇皮袋，直到我找到要坐的公交车。我感动得不知道说什么好，她看着我说："我女儿和你差不多大，还在学校念书……"

讲述者 | 海棠(^_^)

2006年在广东潮州开了个小超市，孕期还一直坚持上货理货。也许是太累的缘故，预产期提前了一个星期，匆忙中打车到妇幼保健院，肚子痛得要死。因为事发突然，又是第一胎，且在外地，除了老公整晚陪在身边，没有半点准备。

挨到天亮护士叫我们可以进产房了，但那时的我又困又饿，哪里还有力气去生？隔壁床的婆婆端来一碗本来熬给儿媳妇的白粥，洒上一点味极鲜递给我。那是我这辈子喝过的最美味的粥！直到现在我都一直感恩那位素不相识的婆婆，愿好人一生平安。

讲述者｜佚名

刚毕业那会儿在深圳实习，有一次从深圳回家，因为没什么经验，行李超重了20多斤，要补800多元。那时候哪有多余的钱啊，机票还是家里心疼我要坐30多个小时的火车给订的，突然要我补800多元，真的是拿不出。那种窘迫和慌张的感觉，我现在还记得。

这时候我后面一位带娃的大哥说，我先给你付吧，我跟你是老乡，你一个小姑娘出门在外不容易。我都蒙了，全程呆呆地只会说谢谢。大哥办完值机还带我一起去登机。我给家里打电话，妈妈说我们去接你的时候带好现金，一定得好好感谢人家。

我上了飞机就一直留心大哥坐哪里，生怕跟丢了，下了飞机也慌慌地跟在后面，想着见到家人后要把钱还给他，但是大哥就很淡定地带着娃，麻溜地取了行李消失了，并且一直跟我说让我的家人不要麻烦了，这不算什么。

这么多年我一直被这份善意温暖着，也一直在陌生人有需要的时候伸出双手。

讲述者｜再无安然

　　20年前上初中，从学校回家会经过乡间小路。有一天晚上下自习回家遇到暴雨，不知为何找不到回家的路了，总出现幻觉。后来发现一家已经关门的小商店，我去敲门，把已经睡下的老板吵醒了。我说我太害怕了不敢往前走，又报了我家地址。老板娘二话没说，让老板骑车带路，一直把我送到家门口。

　　这么多年过去了，我一直记得那个温暖的夜晚：老板骑车在前，我骑车在后……

讲述者｜伊儿可心

　　前天晚上下雨，我6点多下楼扔垃圾，看到一个快递员站在一楼101门口给房主打电话。我听到房主不在家，让快递员9点再送一趟。我看着那个浑身湿透的快递员，又看看外面的雨，让快递员再给房主打个电话，告诉他9点到我们家取快递！虽然我不太认识101的房主，但我不想让快递员在漆黑的雨夜里再跑一趟。

讲述者｜姚菊

　　妈妈去世的那晚，我找不到更好的去处，去了平时爱去的小吃店，一个人喝酒到很晚。喝多了，老板和老板娘也不催我，就听我絮絮叨叨，陪着我，开导我。后来他们两口子回老家了，再也没见着，连电话也没有，但那份温暖10年了依然记着。

讲述者｜安静

我怀三胎宝宝时，带老大老二上幼儿园，坐上公交，没人给我让座，这时司机师傅对我说：你没坐好，我车子就不会起步。他的一句话，让我疲惫的身体瞬间充满了能量。

讲述者｜务实

今年"五一"去长春找朋友，手机导航坏了，下错了地方，找不到朋友的住处，最后硬着头皮上了一辆公交车，司机大哥正好下班要回家，硬是先给我单独送去了地铁站。那天下午吹过的所有冷风，以及自己的局促不安，都在那一段路上消失了。很谢谢他！

讲述者｜Maggie-小林子

在西餐厅实习的时候，上了半年早班，每天早上4点30分起床，5点到岗，每次出了宿舍门都很害怕，不敢往周边看，但经过一家早点摊的时候，老板娘都会跟我打招呼，一下子就安心了，感觉自己安全了。

讲述者｜左小左

想起多年前在外地上高中，有一次放月假，由于天气原因错过了回家的班车，一个人在镇上的车站不知所措。同车的一个女孩说她家就在这里，我可以去她家住一晚，明天早上再坐车。

去了她家，他们一家人特别热情，晚上吃过饭，她爸妈还带我和他们姐弟一起去超市买了一些零食，怕我太拘谨晚饭没吃饱。每每想起这件事都热泪盈眶，感谢这个善良的姑娘，感谢他们有爱的一家人。

讲述者｜@感叹号

大学时一个人生病住院，没敢让家里人知道，同病房的一位老奶奶知道后，每天给我煮鸡蛋。

讲述者｜一起笑

一个大雪后的深夜，路上结冰，车辆很少，也没有路灯，我和老爸遇到一对老夫妻，他们骑着电动车，没有车灯。老爸说："咱们跟在他们后面给他们照下路吧，太危险了。"

最后他们停在路边的门口挥手让我们停下，说到家了，锅里有羊肉汤，邀请我们喝点暖暖再走。

讲述者｜雪落苍山

2018年12月在广西北海，跑外卖的第三天晚上，接到一个生日蛋糕的预订单。蛋糕太大无处放置，只能一手骑车一手提着蛋糕，到了客户楼下一不小心连车带人摔倒了，脚扭伤了，蛋糕也摔坏了。

赶紧看了看手机里的订单，蛋糕价值300多元，当时脑袋嗡嗡的，心想这下麻烦大了，硬着头皮给顾客打电话说明情况。顾客并没有埋怨我,反而问我摔到没,我要他支付宝账号给他转钱,他说:"你们赚钱不容易,下次小心点就好了。"当时就泪目了。

讲述者 | 木子林林夕

那次很伤心,一个人喝了酒,站在十字路口哭,有个3岁的小男孩跑到我身边好多次,他问我:"姐姐你怎么了?你怎么哭了?有人欺负你吗?"我摇摇头,他走了然后又跑回来说,"姐姐,我是奥特曼,我很厉害,谁欺负你了,你告诉我,我帮你揍他。"我瞬间泪流满面。

讲述者 | 我的戚容出现了

冬天到一家工厂找工作,厂里刚好午休,门卫大爷不让我走,一定要让我在屋里吃顿热腾腾的饭,还安慰我不吃饱肚子怎么继续找更好的工作。一饭之恩,我记了10年。

这些由读者分享的故事,有两个特别打动人的方面:

一是这些故事很多都时隔久远,有的甚至是二三十年前的事了,可即便过了这么久,那些温暖的感受、点滴的细节却依旧清晰如昨。善良是一粒种子,时间无法掩埋它、消磨它,反而会让它在心里生根破土,越发茁壮。

另一个是,那些被善良温暖过的"受助者",又常在往后的

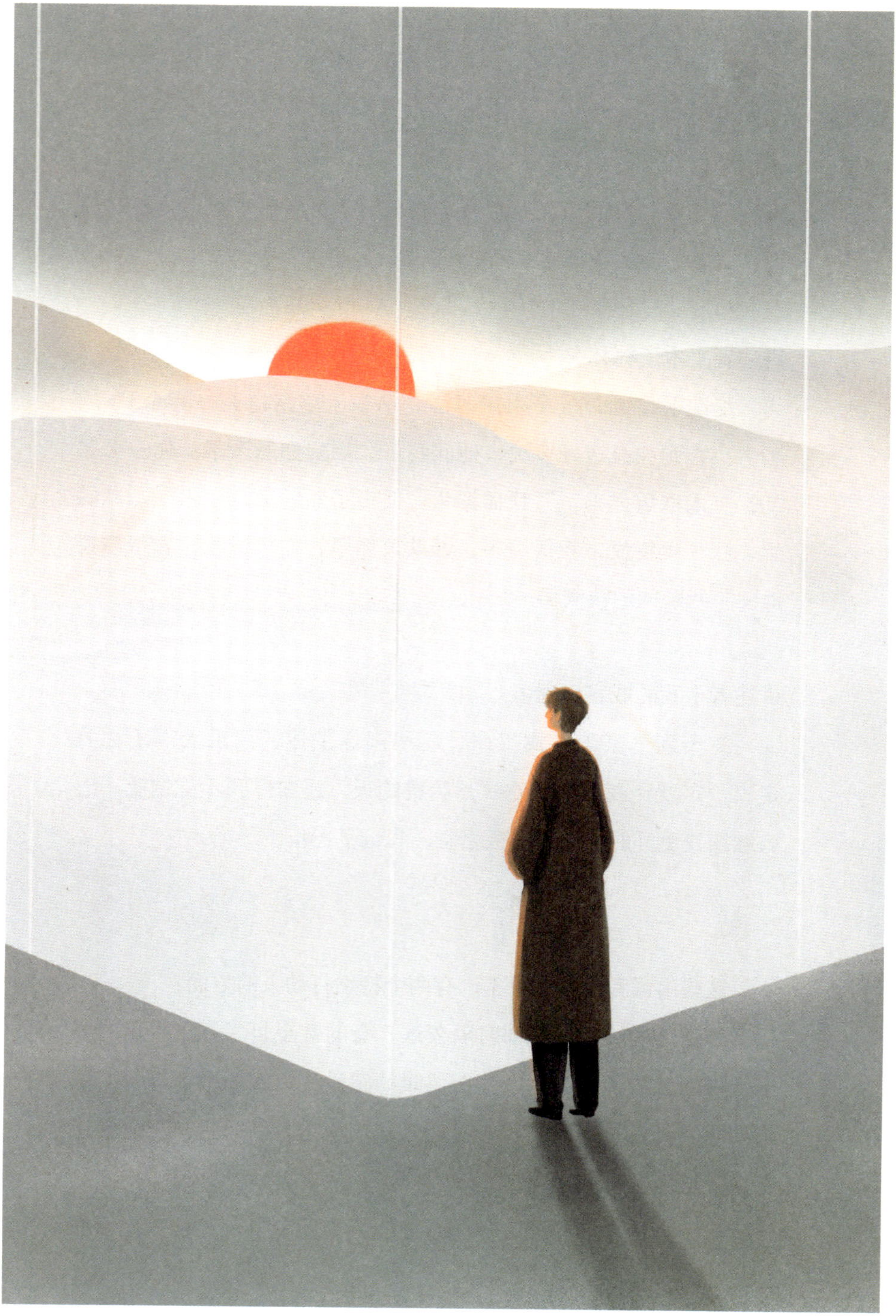

生活里变成"施善者"。被雨淋过的人，总愿意为他人撑伞；被爱救赎过的人，总愿意把爱转给更多人。

有时候常想，善良到底是一种天性，还是一种选择？

见过诸多人间温暖后才发现：也许，善良是一种天性，而善意是一种选择。在面对他人的困苦时，选择释放善意而不是视若无睹，选择伸出援手而不是冷眼旁观，最终，善意汇聚成了温度，暖了人心也暖了人间；援手搭成了度桥，度了他人之苦也度了自己的心。

"曾经以为，生活就应该是无坚不摧的样子，我们就应该像战士，像打不倒的'小强'，可是后来才发现，人生需要感动，才能守住那些始终干净的东西。"这段话的另一个意思是，无论经历过怎样的风雨，都请尽量保持感受的能力，尤其是感受他人痛苦的能力；都请尽量保持被打动的能力，尤其是被陌生人打动的能力。希望你受过的苦让你变得坚强，却没有让你变得坚硬；希望你走过的路让你变得沉稳，却没有让你变得沉默。

人生就像攀越一座山峰，如果你有幸攀上了峰顶，也要去想一想，在这途中，你拉过多少个陌生人的手，你借过多少陌生人的力。

愿善良成为一种习惯，愿世界美好环环相扣。

如果人生能重来

"如果人生能够重来,你最希望改变的是什么?"这个灵魂之问,我们也抛给了一些有故事的人。

他们处在不同年龄段,有十七八岁像光像云又像风的少年,也有经历不输电影情节的过来人。他们之中,有新闻热点中的人物,有战地记者、作家、军人、警察,也有医生、老师、学生、文艺工作者等,我们想尽可能为你呈现的,是一个真实、多元与丰富的人生切面。

讲述者 | @谁还没看巷里林泉举手

我啥也不想改变啊。

我怕有任何改变,就得不到现在拥有的好事了。

讲述者 | 没想到还是我

如果人生能够重来,我最想改变的是脸型!

我的大圆脸可真的太费护肤品和发型师了!!

讲述者 | @多肉

我最想改变的是度过大学的方式。那是手握最多牌的黄金年代，草草度过实在遗憾。

讲述者 | @笑曦曦

如果人生能够重来，我最想改变的是我和她的母女身份。

我想从怀胎十月开始，看看她小姑娘时淘气的模样，陪她经历人生很多个第一次。用她教会我的"爱"，保护她一辈子。

讲述者 | @"白发校长"张鹏程

少年时读书更努力一些，上更好的学校，这样就不用外出打工，毕业后可以直接当老师，把更丰富的知识教给孩子们，影响更多学生。

讲述者 | @20

"一个女孩子踢什么球，你应该去练舞蹈。"

如果能重来，我就告诉自己：喜欢就去训练，热爱就请追梦。希望自己成为职业足球运动员，而不是让个人选择受到社会刻板印象的影响。

讲述者 | @小茉莉

没有人会拒绝幸福的童年，我们终其一生，都在倾听来自小时候的回声。

如果人生能够重来,我最想改变的是童年。就别追问我为什么了。

讲述者 | @记者张鸥

我最想告诉那个少年,不要在少年不识愁滋味的年纪,给自己猛灌识尽愁滋味的忧愁。就算莫名的忧伤,那也正是青春的标识。

想在毕业时,跟一别天涯的老师来一次郑重的告别,而不是如今只记得起他们抖落粉笔灰的背影。

还必须重新盘算与父母的团圆,我会告诉那个初入大学校园的自己,从此与父母的重聚将以次来论,然后心甘情愿去聆听父母那些翻来覆去的唠叨。

讲述者 | @来自武汉的阿圆

如果能重来,我打算在2019年年底就回家,和家人一起度过那个即将到来的冬天。

讲述者 | @主持人高菡

可能习惯性先为他人着想,留给自己的委屈时刻有点多。

若是人生重来,我想在爱他人之前,先好好爱自己,善待自己。

讲述者｜@马可

也是到了非洲这几年，才有了特别深刻的感悟：如果人生重来，我才不想让自己读书学习抱着那么重的功利心，我想多学一些"无用"的技能。

可以是如何跟人更好地打交道，可以是如何在野外生存下来，可以是划破银白的雪地运动，可以是唤醒天地的乐器独奏，也可以是做好一桌菜这么简单，即使读些"无用"之书也是好的，多点时间自处，认识世界、探索世界，才不至于将精神流放到荒芜之境，才足以对抗一些在20多岁就能让我们死去的东西：无趣、麻木与颓废。

讲述者｜@姚森林

我是辅警，如果人生能够重来，我最想做一名真正的警察。为什么呢？这样承担的职责更重些，我就可以多入村入户做一些消防安全宣传、教育工作，帮我热爱的土地消除更多安全隐患，更稳地守住一方百姓的平安。

讲述者｜@五一二

如果人生能重来，别说什么彩票了，之前老跟兄弟吹的"有朝一日梦"不过酒杯上的泡沫，我一个人中了大奖有什么用，我爱的人和城就不会经历地震了吗？

我只想回到山崩地裂前，给地震局打电话，然后拿个大喇叭跑遍那座小县城。一边跑一边喊,地震要来了!他们当我胡言乱语也罢,能多一个人因为我这个疯子提高戒心而避过一劫,值了。

讲述者丨@昆仑小妖

　　被分配到祖国最艰苦的边疆,经常有人安慰我"吃得苦中苦,方为人上人",其实我没觉得苦,只有干自己不愿意干的事才叫苦,就像你嫁给不爱的人。而我,爱这身军装,爱我的信仰,为她付出一切对我来说都是件特别幸福的事。

　　2020年6月,在边防一线,我留过一份遗书,写完"幸福就是来自对自己信仰的忠诚和付出"之后,画上句点,义无反顾。那一刻我感觉面对生死的从容淡定,就是一个女人最高级的优雅。而这一切,都是信仰给我的力量。

　　所以,如果人生可以重来,我还会选择做一名军人。

讲述者丨@dimplexu

　　人生的路走得长了,才知道聚散无常,身边的人走着走着就散了,是没有机会好好告别的。

　　如果人生能够重来,我想更加郑重地对待每一份关系,珍惜相处的时光,表达自己的心意,关心对方的感受。如果注定要分开,那就好好告别,不留怨恨,彼此珍重。

讲述者丨@鱼尾纹先生

如果人生能够重来，我最想改变的是姥爷的记忆。姥爷是个温文尔雅的人，但岁月依旧压弯了他的脊背，并且夺走了他的记忆。五年前的冬天，几乎是一夜间，他忘记了所有人的名字。

我还记得姥爷驮着年幼的我，穿梭在熙熙攘攘的街道上。希望他在自己的世界里，依旧丰盈而快乐。

讲述者 | @百忧解姐姐

我最想趁爷爷没有生病卧床，带他去旅游，像小时候他带着我过暑假一样，一起喝汽水，逛书店。能有机会，把他前半生的故事一一记录下来，能给他拍各种照片，哪怕不出版，只做成属于我俩的手账也好。能带他探索面条之外他还喜欢吃的食物，能让他体验一次什么才叫"享受"，让他哪怕卧床了，脑海里想起的不只是儿时的悲苦和一生的辛劳。

讲述者 | @记者李璟慧

如果人生能够重来，我最想改变的是2017年9月14日。

因为出差采访，没能见奶奶最后一面。后来整理房间，爷爷说我买给她的衣服吊牌都没剪，她一直舍不得穿。不敢在家哭，怕惹爷爷伤心。于是，无数次在心里呼喊："奶奶您去哪了、去哪了啊，回来看看我好吗？"想念的声音震耳欲聋，您能听到我吗？祈求今晚让我梦到您吧。

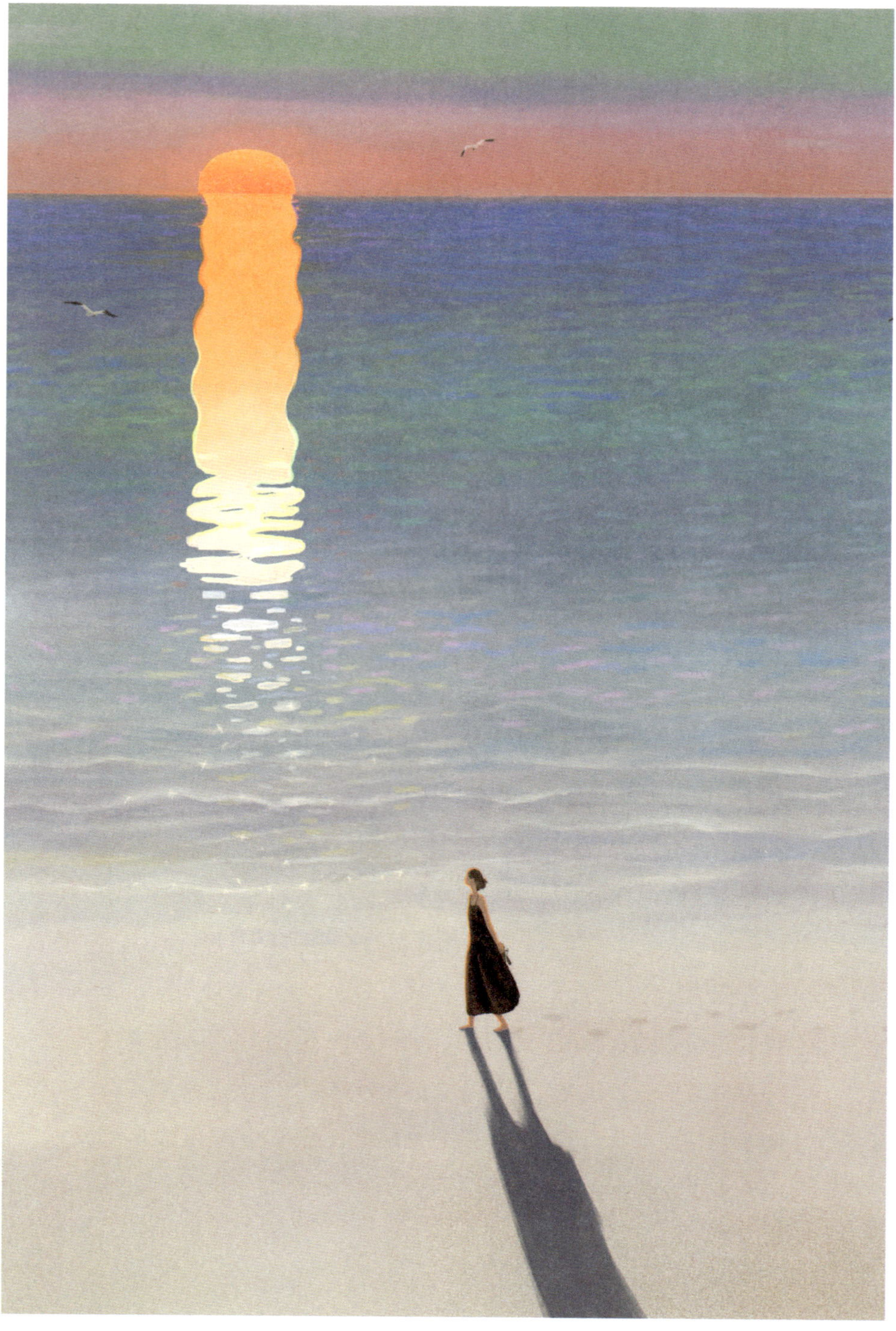

讲述者 | @小谷

当然是从我懂事时起，让爸妈每年都体检一次！早点发现那该死但又令人无奈的疾病，及时治愈它们！这样，可能今年还能陪父母一起过年。

讲述者 | @米露

就当现在的这个剧本已经看过啦，觉得挺好的，一点儿都不想改变啦。只要好好地向前走，所有的遗憾都会过去，都会慢慢消融在一个好的结局里。

讲述者 | @猫猫

如果人生能够重来，我仍不想有任何改变。命运给我什么，我就全然接受什么。

我想，每一种人生都会有挣扎苦痛的时刻，也会有喜悦幸福的瞬间。无论如何，我都会勇敢、积极地面对，让自己的生命随着时间一点点丰厚起来。

我见过她

我见过她，披着星辰，挥着锅铲，在烟火中上演持家的艺术。

我见过她，先做了母亲，先做了妻子，先做了女儿，才做了自己。

我见过她，丰富了"美"这一字，可飒可酷，可甜可暖，优雅如她，可爱如她，老得惊艳了时光，平凡也能温柔岁月。

我见过她，一人成团，思想做利器，一亮相，一张口，一提笔，便是对愚昧、偏见、不怀好意的还击。

我见过她，在太空吞下飘浮的一滴水，在大洋引舰乘风破浪，在荒原寻觅远古的呼吸，是否，奇迹才是她的另一个名字？

这一篇文章，我们送上的，是21位女性以时光、阅历与智慧、品格淬炼得来的21个"道理"。这些"道理"呈现到我们面前来，短短数段话，可在它们成为"道理"之前，是她碰到的坎、生过的愁、吃过的亏、流过的泪、受过的伤，甚至付出的代价。希望读后的你，对女性更多一些了解，也能在她们的分享中更好地享受生活。

讲述者｜卞晓妍

首先，明白了"听了再多道理也过不好这一生"之后，我轻松多了，生活更好了。莫被满朋友圈的焦虑贩卖者忽悠。

讲述者｜葳蕤自生光

降低期待。

讲述者｜Sylvia

我很喜欢罗曼·罗兰的一句话：真正的英雄主义，就是在认清生活的真相后依然热爱生活。

年少时不懂，以为这只是一句鸡汤，可越长大越发现，只有真正经历过生活磨砺的人才能悟出这个道理。

三年前我大学毕业，不顾家人反对只身从湖南来北京找工作，经历过身上只剩几十元每天煮面条的日子，也有过压力太大抑郁的时候……那段时间，痛苦成为我不用做任何事情、不用管任何事情最好的借口，我放任自己堕落、懒散、沉溺在坏情绪里。

没想到治愈我的，是我的母亲。

我和她一向水火不容，母亲只有初中文凭，不懂得教育孩子，小时候我们母女之间的沟通是通过衣架，长大后的沟通也仅限于家长里短和嘘寒问暖。

她是一个普普通通的中年妇女，24岁和我父亲在乡镇开大巴，25岁从农村出来到城里的毛织厂打工，帮家里还清了数十年的债款。29岁从广东辗转到长沙，刚开始在写字楼里做清洁工帮助父亲养家糊口，而后又去到超市卖饼干，每天拿着"小蜜蜂"在超市吸引客流。直到10年后，才进入商场品牌鞋店做销售员，每天晚上10点下班到了家还继续学习如何用电脑记账。41岁，当所有人都说她一位高龄妇女不懂经商之道，她又冒着风险开了自己的鞋店，6年后新开了一家服装店，一路大刀阔斧头也不回地向前走。

这20多年的时光，将我母亲不断打磨，从平凡的岁月中开出来花。她依然只是一位普通的中年妇女，爱唠叨、脾气大、嗓门大，但坚韧和乐观却早已让她浑身散发出光芒。

人不是生而快乐，也从来不是一帆风顺，或许我们活着，就是为了在痛苦中遭受磨砺，在苦中作乐，破茧成蝶成为强大的人。

也许起跑线不同，也许在社会中会遇到不公平待遇，但命运的剑始终只有我们自己能掌握，依然有逆风翻盘的机会。尽管身处谷底，天一亮，也要拔剑出鞘。

讲述者｜刘莹辉

做人要厚道。

讲述者 | 小雪

大学时跟其他社团一起搞活动，对方干得不上心，还要平分经费，我就很不服气，据理力撕。我赢了，但是我挺难过的，因为本来可以有更多合作的社团从此变路人了。后来我总结了三条：

1. 永远不要轻易和别人撕破脸，你不知道什么时候就会需要一条退路；

2. 人与人相处，往往没有绝对的对错输赢，有时候认怂一下可能反而好办事；

3. 看事情目光放长远些，光争眼前的利益完全有可能得不偿失。

毕业十多年，我进入职场、步入婚姻，有了许许多多的朋友，这三条始终在线。

讲述者 | 美妮

尊重对方，不轻易对他人下判断，从"他怎么能这样，他应该这样"变成"为什么他会这样"，人和人的理解就顺其自然了。

讲述者 | 甜麻麻

2019年下半年，我迎来了一个从内而外都透露着我特质的小生命，我突然明白生活根本不是你可以随时大笔一挥的命题作文,生活真实存在于孩子的吃喝拉撒里,存在于孩子触目惊心的"屎尿屁"里。于是,还不到30岁的自己开始害怕,害怕她有一天会像我一样没日没夜着急忙慌,害怕我会控制不住地将我的一切加诸她,直到有一天我读到了这段小诗:

你不是我的希望,不是的
你是你自己的希望
我那些没能实现的梦想还是我的
与你无关,就让它们与你无关吧
你何妨做一个全新的梦
那梦里,不必有我
我是一件正在老去的事物
却仍不准备献给你我的一生
这是我的固执

我把它拷贝在手机备忘录里,贴在家里各个角落,空闲下来就开始思考,寻找自己失落的碎片。我发现当我真正慢下来看路,才能嗅到生活的味道。我不再只是目视前方拼命奔跑了,我开始学着珍惜,认真享受陪伴家人和朋友的每一刻。现在的我很想对曾经的自己说:"傻孩子,你其实可以慢点跑,因为我们终将长大。"

讲述者｜郭静

有年夏天，闺密回国，告诉我，她辞职了，自己开了律所。我大惊失色，问她："原来那个律所不好吗？"在我看来，背靠大树，案源不愁，何苦自己出来创业？要知道那时候她已年过40，马上就是二孩妈。

她说，在原来那个律所里，确实已经游刃有余，老板也很器重她。我说，要是嫌薪水不够，可以跟老板提啊！她笑了，说："我觉得我老板付不起。"

在我惊愕的表情中，她解释："人到中年，我们的专业素养、人生阅历，都接近峰值，精力、体力也还足够。此时最贵的，不是我在职场上的价值，而是我余生的时间。我现在自己做，想接的案子我就接，不想做的我就不做，我终于可以随心所愿地做事情，而不必像年轻时那样每天紧绷着，时刻要拼命。尤其我现在当了妈妈，有时我就觉得，我今天的时间，就是要拿来陪孩子的，谁花多少钱我都不会出卖这个时间。你想，哪个老板出得起我这个价钱？"

那天回家的路上，我内心澎湃，始终想着她的话。我们老觉得人生后半程是走下坡路的，得过且过吧。但其实，余生很贵，而且越来越贵，谁也买不起。随心所愿，做自己想做的事，不和不值得的人、不值得的事纠缠，才有可能拥有最值得的一段人生。

讲述者｜敬一丹

我60岁退休时，有年轻人问："对未来有什么计划？"我听了心一动，嗯，退休了还能谈未来、谈计划，也是一种幸福状态呢！

我一向对性别、年龄反应有些迟钝，平时采访、出差、走山路、到非常环境，很少想到"女士优先"被关照什么的；想做什么事，更遵从内心，而不会因年纪而影响了选择。这种不在意、这种迟钝，恰恰成全了我。退休后，该延续的延续、该尝试的尝试，做出小计划，走近小目标，遥望未来，还有多少种可能？

讲述者｜羊奶奶

忘记在哪里看到这句话：No one has the perfect answer for your life（没有人对你的生活有完美的答案）。我们过着什么样的生活，有很多外界条件限制，但是在有限的条件中，努力着的人，我相信，总会跟我一样共鸣，虽然这不一定是我最成功的选择，但是我努力着，总会比懒惰的人活得更好。

讲述者 | 故园风雨前

独自、看风景以及写作吧，女生！我独自，或者看风景，或者写作的时候会觉得安宁和丰富，要是这三样同时：独自看风景、边看边写作，我就幸福得哭。好像老天爷还是谁，对我网开一面，准许我进入另一个时空，特批我无忧无虑多活一阵。

（我这里说的写作是指文学写作，面向公共领域，是写给读者的，得有传播上的要求和价值，而不是私人日记，仅自己或三五知己可见。）

独自和看风景应该容易做到，写作我猜会显得比较麻烦，所以很多人就"算了"。可实际上写作是最重要的一环，它能细化你从前两项中获得的快乐，能固定证据，能在肉体快感彻底消失之前提炼出精神文明，而精神文明是没有保质期的，自己个儿一生受用。

讲述者 | 董倩

怎么认识生活，就怎么认识采访。入职26年，我已人到中年。年轻时的浅薄一层层褪去。生活的不易和复杂让我在采访每一个人的时候，能更深地理解他的处境，以及身处其间的种种艰难和思量。因为我知道，每一张平凡的面孔后面，都有一段不平凡的日子。

讲述者丨王斌

刚毕业那段时间心里很慌张，初入职场，一切都是全新的，每天感受到同辈压力，总希望自己的生活可以按下加速键地向前，去追，去赶，用现在话来说，去"内卷"。

与此同时，很多"过来人"给的"人生建议"会让人乱了阵脚。我似乎很难听到自己内心的声音。于是重新开始阅读，走进书本，最焦虑的那段时间，和苏轼的"莫听穿林打叶声，何妨吟啸且徐行"撞个满怀。真正的"过来人"都藏在书里，以时间砥砺真理，是他们抚慰我，莫急，莫急。

人长大，周围总会有越来越多的声音，作为女性有时候甚至被噪音裹挟。对和不对，选和不选，爱或不爱……最终，我们还得听自己，听那个读过书、行过路的自己。而正如每朵花都有属于自己的花期，我也终于学会慢下来，找自己的节奏。

讲述者丨文西

于我而言，大龄，未婚，裸辞读书，女博士，在某些刻板印象下，我的人物画像也总不经意地被标签化。回想自己，过去几年，年龄、性别、感情、学业，焦虑一点都不少。内心最艰难时，借着访学假期去了阿拉斯加，零下60多摄氏度，在导游爷爷的带领下执着地追寻极光。他说阿拉斯加是一个严酷的地方，只有真正爱她的人，才会义无反顾地留下来。日光、黑夜、月相、极光，无论是黑暗还是曙光，无论是否完美，自然中的每一个现象都值得热爱与欣赏。

如自然的流动一样，人也是如此，有"内卷"就会有舒展。有阴晴就有圆缺。当我们在感慨青春不复时，时光不会倒流，当我们忧心未来时，能决定命运的依旧是我们自己。每一场经历，每一个变化都值得热爱，每一种美都值得被欣赏。

讲述者丨许PP

人到中年，开始创业，突然豁然开朗，发现过往所有的经历，都成为你现在应对人生难题的武器。因为做过销售，硬着头皮敲过一扇扇陌生的门，突破了自己的心理设限，才能在现在商业谈判中淡定自如；因为有过赶时效、极限式完成任务的经历，现在即使面对最紧张的项目也能承受住压力；因为坠落过人生低谷再爬出来，才知道只要坚持，没有过不去的坎。

每个人都是被以往人生经历所塑造。人生有时很难预测，也很难按照你的设想展开。一个强大的人就是命运把你随机扔到一个地方，你就地展开搜索，走出一条生路。当我知道没有白走的路，每一步都算数，我就能坦然而认真地走好脚下的路，把自己的路走宽。

讲述者 | 雨停了

我觉得30岁之后，很重要的一件事是建筑自己的内心世界，无论是通过读书、写作，还是电影、旅行。

它们带来平静和快乐、眼界和笃定，也带来一些略显自负的、不肯妥协的骄矜，这些东西驻扎在心里，会生长出：独自生活下去的勇气、被现实倾轧时的支撑。

生活还是有很多问题，它也不算什么解药，但心里有这点东西，到底是很好的。

讲述者 | 宝晓峰

大多数人对搬家时的收纳整理环节不堪回首，我却最是享受：整理走遍天下收集的冰箱贴、翻看朋友文采飞扬的明信片、重读大学时写给父母的信、擦拭一张张精挑细选的CD、端详读书时记得工工整整的课堂笔记……这样消磨着回忆，一天下来，心里总是暖暖的。

新与旧、快与慢、近与远、念与忘，这看似对立的每一对词实则难舍难分、彼此惦念，又何尝不是对你经历与心境的"读心术"呢！走过的每一段时间迅速成为回忆，不用急着断舍离，也无须刻意声声慢，找到自己的节奏，爱自己、爱家人、爱生活，就会看到更好的你。

讲述者 | 郑丽

曾经给我女儿读过一个故事叫《花婆婆》，虽然是一本童书，却分外让人温暖感动。

故事里的小女孩叫艾丽丝，她从小就想像爷爷一样去很多地方旅行，还想住在海边。爷爷告诉她，除了旅行和住在海边，还要做一件让世界更美丽的事。艾丽丝长大后完成了前两个心愿，可是怎样让世界更美丽呢？她最后决定种花，种好多好多鲁冰花。她把种子撒在公路和乡间小路、撒在学校、撒在她经过的所有地方，当春天到来，她撒过种子的地方都开出美丽花朵，她的第三个愿望终于实现了。当小女孩艾丽丝已经变成头发花白的老婆婆艾丽丝，她还在不停地种花，让世界更美丽。

故事并不复杂，却有一种奇妙的治愈力量。让我觉得，每个人都不可能独善其身地活着，我们都是一棵大树上的一片叶子，以看不到的方式彼此相连。每个人都可以为这个世界带来美丽的改变，哪怕只是一点点的改变。

讲述者 | V

学生时代，特别喜欢看港剧，其中一部百看不厌，里面有一句台词已记了十年："到底在我们平凡又安定的生活之中，我们是不是已经失去了勇气，去挑战一些自以为不需要做又或者做不到的事情？"

勇气要到哪里"失物招领"呢？做一件事，只要我们的内心有一点不愿舍弃的，那不舍就是了。

讲述者｜王梦

想到什么就赶紧去做，不管是看书、画画、写作，还是走出家门去看看以前忽略的门口的风景。这一年学到的"敲黑板"之一：不管在什么样情况下都要好好过，因为你不知道这个"当下"有多久。

岁月不等你思考答案，时间的意义在于用喜悦填充。

讲述者｜于三娘

在历史里走得越深越久，就越发觉得，生活赐予我的最大幸运之一，是我们所处的时代。

以前从未深透地思考过这一点，直到有一次听到中央美院董梅老师列出的一道有趣的数学题：BC206-BC145=？，618-701=？，960-1037=？。这其实是一堆历史年代的集成——从西汉建立到司马迁出生，从大唐开国到李白降世，从北宋肇始到苏轼诞辰……显而易见，中国文学史上这些灿若星辰的伟大人物，都降生在所处的伟大王朝开国后的七八十年左右的时间。这道简单的数学题的答案，构成了一个文学大数据统计后的很有预言感的结论：为邦百年，七十更始。也就是说，按照祖先给我们留下的中国历史的发展轨迹和规律，我们所生活的这个时代，将注定是一个文化勃兴的起点。

或许，无论我们如何努力，此生都无法成为李白、苏轼、司马迁，或许我们注定是铺垫的一代，然而背依这个时代的势能，一批创造中华文明新巅峰的伟大的人，将在我们的推动和见证下诞生。幸甚至哉！

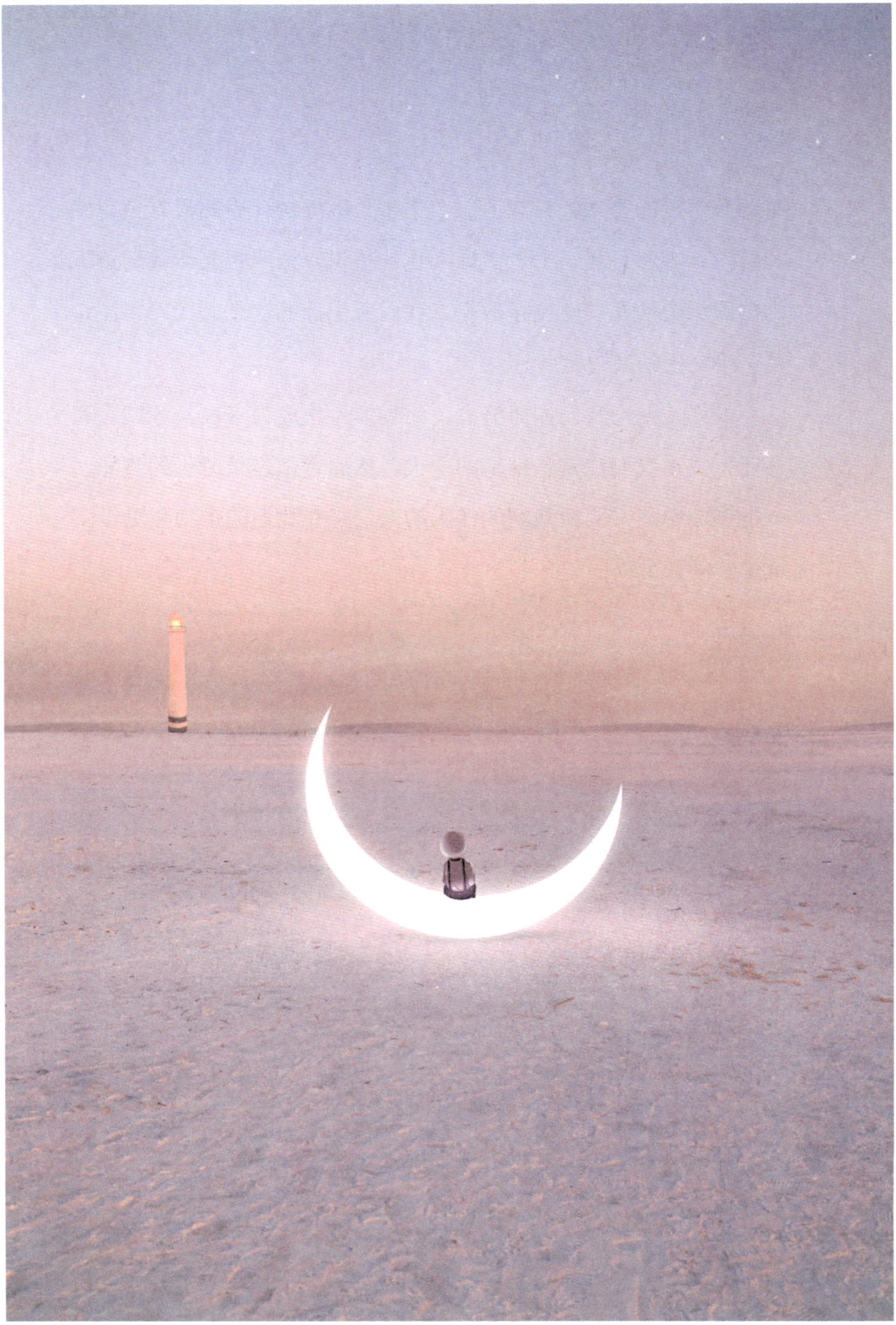

第三章

寂静生长，自成欢喜

你的朋友圈，有多少"仅自己可见"？

发朋友圈的时候，有一个选项是"仅自己可见"。多少次，想发个状态宣泄一下，犹豫再三，最后都默默更改成对自己的言说。

"仅自己可见"，大概是意味着我隐藏起我的所思所想，也意味着在纷扰的社交里，设定了一小块私密的领空，一个人咀嚼喜乐哀愁。

在朋友圈设置分组里，"仅自己可见"的选项你用过多少？这里有"仅自己可见"的12个充分不必要理由，那些外显的光彩、骄傲和不羁，是你，但又不是完整的你。

讲述者｜@Anita

设置"仅自己可见"，因为不用花时间去琢磨用词，不用思考他人的评价，不用在意或多或少的点赞，单纯随性地记录就可以了。

讲述者｜@小陶陶

分手期间的朋友圈，设置的都是自己可见。发出去总会有期待，不由自主地对感情延续抱有幻想。而真正下定的决心，一个人知道就足够了。

讲述者｜@爱米粒

对自己可见，不然呢？毕竟，快乐分享错了人，就成了显摆；难过分享错了人，就成了笑话。

讲述者｜@Wowo

对于敏感且社交恐惧的人来说，回复评论需要消耗不少的心理能量，怎么说合适？怎么不显得厚此薄彼？怎么给人留下亲和的印象？天啊，一想到这些，我还是自己可见好了。

讲述者｜@红

仅自己可见=无效社交的阻断器+一个人的岁月静好。

讲述者｜@白夜

仅自己可见，是怕已经群发的内容，一段时间回头看觉得好傻。

讲述者｜@No.12

观摩朋友圈完美人生的我常感自卑，大概美丽、开朗、活跃的形象才受大家欢迎吧！而我乏善可陈，特普通的一人。偶尔有什么感悟，分享出去也不会吸引多少关注，索性自己知道就好了。

讲述者｜@九分饱

　　对我来说，朋友圈早就已经不是一个能随时分享的地方了。记录心情的文字只是留给自己的树洞，发出去别人会觉得矫情、做作、文艺腔……虽然那就是真实的我的一部分。

讲述者｜@同姝

　　我曾经是忠实的发九图爱好者。后来因为厌恶被不理解的留言绑架情绪，发照片时经常选择"仅自己可见"，但这丝毫没有影响我的拍照热情。

讲述者｜@**&

　　对自己可见，是因为打拼生活已经很辛苦，剩下的精力只想用自己喜欢的方式取悦自己，没有必要再去向别人展示什么、证明什么、索取什么。

讲述者｜@蓝调

　　做一个不动声色的大人，难道不是成年人默认的角色选项吗？少说，或者不说，实在想说的时候，说给自己就够了。千万别高估自己的影响力。

讲述者丨@慕梓

　　我对"仅自己"三个字有一种贪图。我想要营建专属的私密花园，那里的花香，那里飘过的天光云影，那里邂逅的风霜雨露，不需要其他的观众，我习惯当一个孤独的耕耘者。

　　朋友圈"仅自己可见"，只因更多时候，失意、心酸与不堪被你妥善隐藏，一个人吞咽，一个人消解。区区"仅"字，竟有几分孤勇的意味。把想说未说的话，诉给自己听；把挫败与伤痛标个记号，留给自己反省。

　　在鲜花与荆棘并存的生活面前，我们都自觉成为懂事的大人了。当现实给予欢愉，不吝惜分享盈盈的爱与幸福；可当现实板起面孔，却默默把悲伤留给自己，就像每次和爸妈打电话都会报喜不报忧一样，就像内心再感伤也要笑得阳光灿烂一样。

　　其实，并不是每一个难熬的时刻，都要"仅自己可见"。脆弱和不堪的时候，你需要一场没有任何顾虑的倾诉，需要获得足够的陪伴与关爱，更需要一个微小却有力的支点把失落托举起来。

　　那些写进岁月隐蔽处的心事，好的坏的都会过去。日子滚滚向前，唯愿往后的你，慢慢练习不必一个人扛下所有，试着敞开怀抱，让那些爱你的人为你抚平烦忧。

相爱的人，那么近，又那么远

不知从什么时候开始，那些作为我们人生中最亲密的人，却极少收到我们对他们的爱意、赞美和亲昵。

你可能有点"不好意思"，有些"理所应当"，甚至觉得来日方长，以后补偿也来得及。要知道，关系的营建不能靠亡羊补牢，它需要的是平凡日子里的耐心、细心、用心与真心。

用一句赞美，回馈对方的行动

一句或热烈或朴质的赞美，很可能是他人获得勇气与重新热爱生活的能量来源。关系愈亲密，愈不能把无视当寻常。关系中，任何一个成员的积极行动，哪怕是微小的改变，都应得到及时的认可与鼓励。

多去赞美对方，肯定对方，告诉对方："你真的好棒""我为你骄傲"，不仅能满足他们的情感需求，而且能营造轻松有爱的氛围，让每一个润泽其中的人，都能确证自己的价值，因被关注、被鼓励、被表扬,生发出更多爱己爱人的能力。

用一声谢谢,感激他人的付出

曾在网上看到这样一句话:"我们总是把自己的苛责甩给亲人,却把亲人的爱习惯到理所当然、忽视到可有可无。"你有多久,没对亲人说一声由衷的谢谢了?

那些你下班累了,随手一扔的脏衣服,总被及时地洗净收纳;那些你饿了,随口嚷一句"饭好了没",就有"快来吃吧"的热切回应;那些你心情不好时,随意发泄的脾气,一直被稳稳接住的陪伴……并不是没来由的,那是身边的人在用绵长的爱为你托最暖的底。

去谢谢他们吧。一句感谢虽然不能对等那些深沉的付出,却能让对方知道,你心里的知足与感恩。

用一个拥抱,消融彼此的隔阂

不论我们长成怎样的大人,我们都需要温暖的拥抱,就像孩童时,长辈给予我们的那份环绕。拥抱不需要理由,它是随时随地涌动而出的情感,带着真挚的情谊,还有彼此依靠的勇气;拥

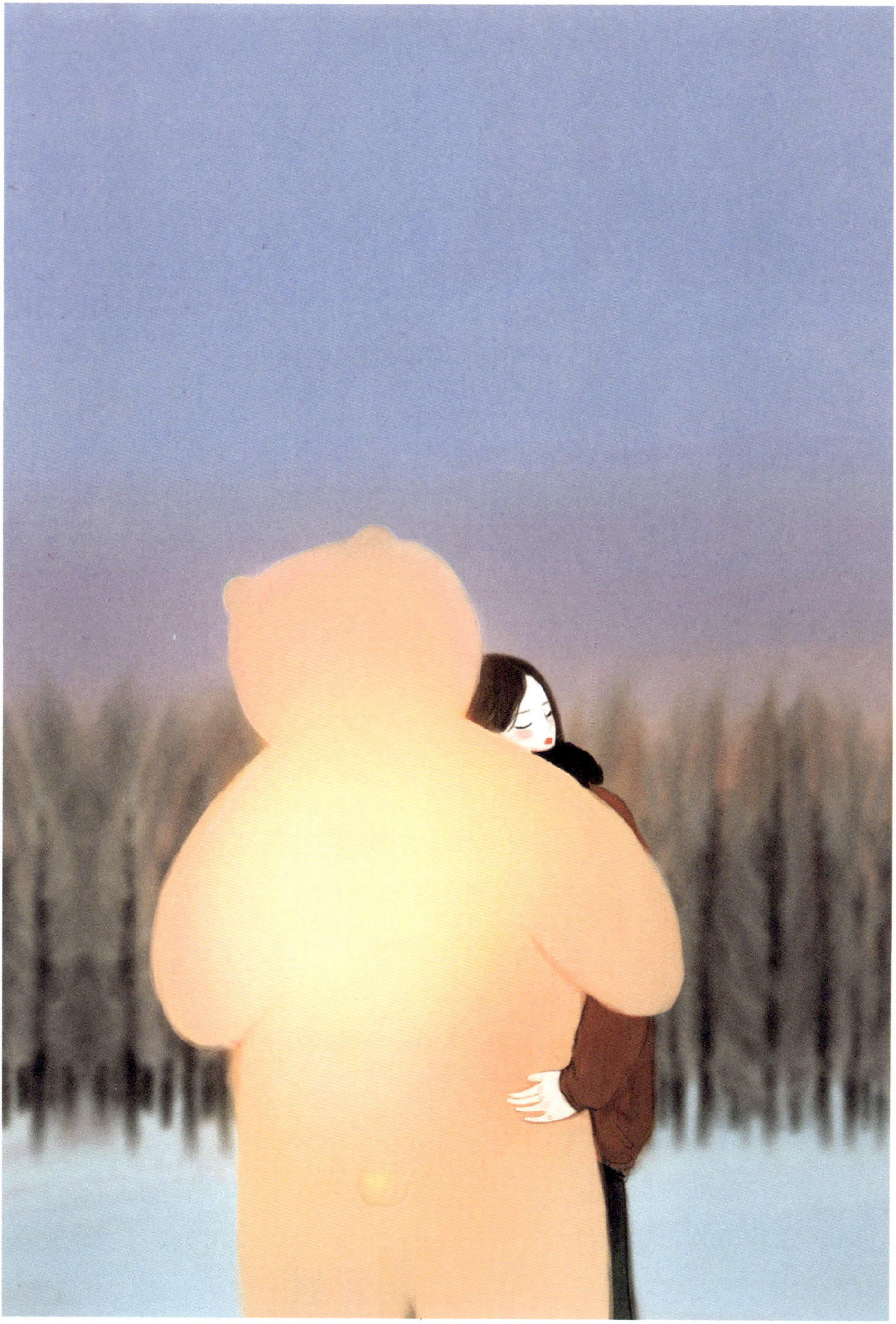

抱也不需要太多羞涩与顾虑，张开你的双臂，走向你的长辈与爱人，用这个最简单也最甜美的动作，增进与他们的联结与亲密。

讲述者 | @Lu
　　最想拥抱的是奶奶。奶奶矮矮胖胖的，我的双手现在都圈不起来啦，拥抱她软乎乎暖暖和和的，很幸福。

讲述者 | @锦露
　　一次吵完架后，我回到房间里偷偷地哭。妈妈打开房门走进来，站在我旁边生疏地想要安慰我。我环抱住她大声地哭，她衣服上的油烟味也随着抽泣吸入我的记忆深处。从那以后妈妈跟我之间无法亲近的隔阂也消失了。

讲述者 | @日落之前
　　我觉得拥抱是一种慰藉方式吧，每次情绪低到谷底时，伴侣轻轻的一个拥抱，就能带给我很深的温暖，像是无声的语言，告诉我：没事，你还有我呢。

用一点仪式，递出深藏的爱意

　　仪式感很重要，尤其在亲密关系中，它是给氛围升温，打破千篇一律生活的利器。多花些心思，去探究家人的需求，对在意的人做在意的事，是仪式感的内核。准备仪式过程中，也会让你更加明白自己的心，知道什么人对你而言，才是真正值得珍惜并在意的。

讲述者｜@ankh

小学时，利用学校运动会空闲折了一瓶许愿星，在爸爸生日时送给他，爸爸接过瓶子时，只说了句"谢谢，快吃饭吧"。多年后搬家，在爸爸的储物柜中看到完整的一瓶许愿星，原来爸爸一直收藏着，鼻头忽然就酸了。

讲述者｜@雁儿在林稍

女儿第一次去外地生活，我转了零钱给她，转账附言是"承包你整个秋天的奶茶"，妈妈出手当然要浪漫一点。

讲述者｜@西米

经常会给老婆的花瓶里更换新鲜的时令花束，她为了这个家付出了很多，希望她每天笑靥如花。

用一份包容,化解争执加深理解

包容意味着,在亲密关系发生分歧时,以共情、不夹带对抗情绪的视角去分析眼前的问题,并在认真考虑对方意愿的前提下,积极寻找双方都能接受的解决办法。一味讲道理、争是非,恰恰是情感上疏远对方的行为。

包容也意味着,我们要承认并接纳人的不完美。"水至清则无鱼,人至察则无徒",当亲密关系像显微镜一般,放大了对方言行举止的细节,我们可以不认同,可以尝试沟通,但终归要懂得:每个人都有自身的局限。我们不能依照内心的模板去强迫、规制他人。包容别人的时候,也是放过自己。

用珍贵的陪伴,拉近心与心的距离

很多人,对萍水相逢的人亲和力十足,却与家人成了最熟悉的陌生人,相处模式也愈发冷漠和疏离。当陪伴缺席,郁结找不到出口,无形中会对关系造成情感伤痛。

不要再对亲人的陪伴需求,选择性失明地回避了。当他们开心、骄傲、春风得意时,你的在场就是最暖心的祝贺;当他们伤心、难过、脆弱和无助时,你的守护就是最有力的安慰。

来日并不方长,陪伴才是最长情的告白,它是在表达一种温柔的态度：我不会因为风雨而离开你。只要你接受，我愿意一直陪着你去面对纷繁的生活。

表达爱，接纳爱，传递爱

在世界纷纷扰扰的时刻，我们以亲密关系为线索，慢慢靠近、彼此联结。但再亲密的关系，也并非没有伤害，只是太多时候，我们出于爱的初衷，愿意为对方承受委屈、献上温暖：雨中的迎候与撑起的伞、天凉时衣柜多出来的厚衣服、深夜餐桌上留好的热乎饭菜、琐屑的叮咛与关怀……

这些不求回报的、质朴的，甚至有些笨拙的付出，都是我们对于共同经营的亲密关系的善待。

愿我们每个人都能珍惜关系中的情谊，拥有相互表达爱、接纳爱、传递爱的能力。在亲密中收获美妙的体验、快乐的享受以及甜蜜无穷的回忆。

突然不想设置"朋友圈仅三天可见"了

1

有人，回想起自己与所爱历经的出发与抵达："对于自己真正舍不得离开的人，离别的一刹那，像是开刀。"爱有多深，只愿你"起—落—安—妥"四字的分量就有多重。

讲述者｜@Ashore

大学五年，每次回家都是昆明长水机场起飞，临上飞机前都会跟老爸发消息，说一下我要起飞了。每当飞机降落平稳有信号的时候，微信会蹦出好多消息，不用点开都知道，那是老爸发的。他总是提前问我"到了没？行李拿好"，帮我提前看好回家的机场大巴。每次到家，爸也总是长吁一口气："悬着的心总算放下了。"

讲述者｜@张英言

女儿在澳大利亚留学的那几年，每次往返搭乘飞机，从她上飞机开始心就一直悬着。有时是晚上的航班，更是一夜无眠，直到她下了飞机发了一条短信:"到了!"总算放心了……

讲述者|@小花曹儿

那个"五一",我们返程的时候,妈妈手里是一个茶缸子,里面盛着白开水,站在车门前,一个劲地说:"禹喝点水吧,路上渴。"直到车开出去好远,妈妈还双手抱着茶缸子,站在原地。这个场景时时在脑海中,尤其是想家的时候。

讲述者|@林

其实离别是人生常态,在那之前有过很多次,在那之后也是数不胜数,但唯有那次记忆深刻:爸妈在我上初中、我弟刚上小学时就去了外地,我们成了"留守儿童"。第二年春节还没过完,爸妈又要去外地了。我带着弟弟跟到了村口,载他们的车开走之后,我又牵着弟弟回家。虽然春节,好像也没有很喜庆的氛围,路上遇到人也能把眼泪擦了笑着打招呼,但那天的路灯比月亮还闪,我们的影子很长。

讲述者|@把你揉碎捏成番茄

每次离别都是笑着说:走了。笑,是因为不想以悲伤的形式离别;简短的表达,是因为我怕再看两眼,眼里的泪水就会止不住……

2

有人，把生命揪心的最后一程又忆了一遍："往事并不如烟，但是，你放心，我会替你，好好照顾自己。"

讲述者 | @我可

妈妈对我说的最后一句话是，一路顺风。

讲述者 | @民宿《龙首店》

奶奶最后的日子，得了阿尔茨海默病。我当时在上海打工，听村子的人说，每天下午，奶奶都会拄着拐杖到村口喊我名字，叫我回家。

讲述者 | @A little love

给老爸洗过两次脚。

一次是老爸下班回来，在那洗脚，我主动过去给他洗的。

还有一次就是老爸快离开这个世界的时候，那天晚上，他让我再给他洗一次脚。

讲述者 | @PON

上初一时，因父母调动工作而搬家，对门既是发小又是同学的男孩，托人送了我一个蓝皮笔记本，还写了临别赠言。时间

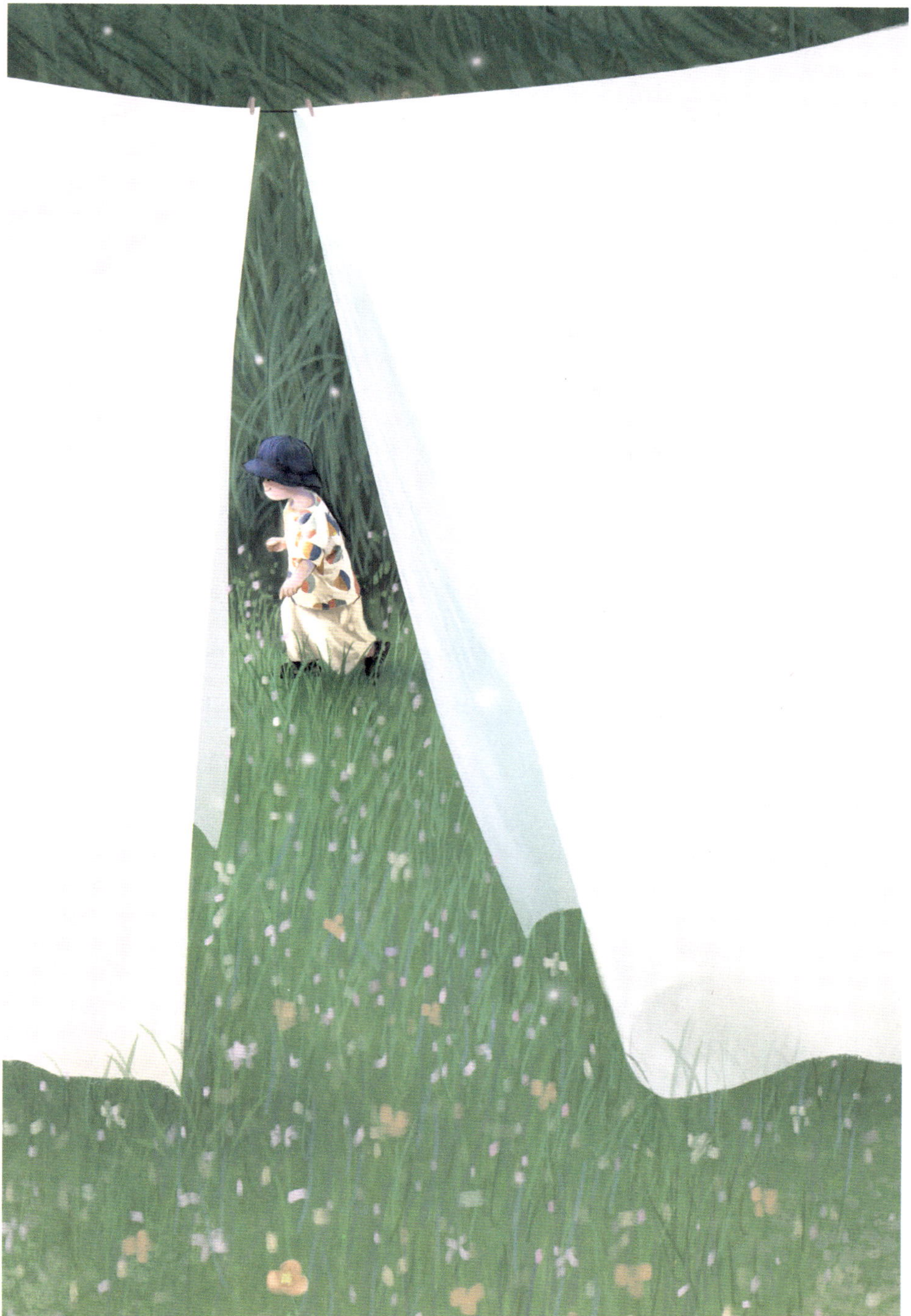

仓促，没来得及回礼，也没机会说声谢谢，总想着只有三十多公里，有空回来，就随车去了新家。

一年后，听妈妈说，那男孩因为脚受伤发炎，没得到正规治疗而感染全身，去世了。

哭了半宿。我甚至不记得最后一面，只有接过来笔记本那一刻，脑中浮现出的他的样子。

讲述者｜@卓

儿子问我，要是有时光机，你最想去哪？是不是想去看小时候的他？

我说，我想我爸爸妈妈了。我想回到我小时候，骑大马，被我妈妈抱着的时候；我更想帮他们躲过意外，让他们看着我长大，花我挣的钱。

讲述者｜@托管陈老师

以前打电话回家，经常都是父亲接的，第一句话总是问：母亲呢？然后父亲总是把电话交给母亲，在母亲旁边静静听，喜欢不时插一句话。

父亲在三年前突然发病去世，来不及见最后一面。现在每次打电话都会想：如果是父亲接的该多好，一定要先和父亲多聊两句。离别，来得这样猝不及防，成了一生的遗憾与思念。

3

有人，分享了一些被爱稳稳托住的时刻："惊天动地的爱，鸡毛蒜皮地给。谢谢你爱我。"

讲述者｜@四月朝阳
我生病了，就特别爱在父母家里住着。

讲述者｜@杨小丹
前天下大雨，我没出去，躺了一天。我妈打了好几个电话给我，可惜我呼呼大睡，醒来才回电，问她什么事。她说发现我的微信步数为零，担心我是不是出什么事了。

讲述者｜@梅影三蝶
在城市生活，偶有心慌乱、心不安宁、心空荡荡的时候，这时候，我非择个周末回到只有四十分钟左右车程的老家。身处熟悉的家，见到慈爱的双亲，吃上他们做的午晚餐，心瞬间安静、满足，心被填满，那是一剂神奇的灵丹妙药。

后来，渐渐悟出，我的不得劲、我的慌乱，全因一个月没和挚爱的父母见上一面。此刻的我，早已不惑之年。

讲述者 | @Elaine

想起上学那会儿有回持续发高烧，爸爸妈妈放不下心，跨市连夜开车赶到学校，保安不让爸爸进门，五十岁的爸爸翻了高高的围栏，把药送到了我的宿舍。

讲述者 | @九月

想到自己刚上高中的时候，每天对周围的事情都感到很新鲜，以至于四五天没和家人联系。突然一天班主任叫住了我，让我抽空给家里打个电话。

我才知道，妈妈在我上高中后很不放心，每天都睡不好，实在等不了后，才和老师联系的。从那以后，每周我都和妈妈通话，我知道有人一直在等着我。

讲述者 | @四叶弥纱

每次年后准备回来上班时，家里人给准备的东西，无论多重，都得想方设法带上，就为了看他们开心的表情。

讲述者 | @大红山楂ヽ(´▽`)ﾉ

我随口说了一次这道菜很好吃，家里人在我每次回家的时候都做，就算我吃腻了，我也不会说。心意那么珍贵，我每一次都要好好存放好才行，要永远记在心里。

因为我知道我不能天天陪在家人身边，我要珍惜好每一次。

4

有人，生出了一些感触，关于何为珍惜何为珍贵："我们是各种意义上的幸运儿。真的，要好好活着。"

讲述者｜@我觉得我还可以瘦三斤

真的，终于理解了"落地给我打电话""到了给我发消息""记得报平安"的意义，再次看到，才发现最朴实的话，原来是那么沉甸甸。

讲述者｜佚名

出生在一个平凡的家庭，顶着不起眼的外貌，接受九年制义务教育，没有什么特长，好像也没有坚持下去的爱好，找到一份不好不坏的工作，当起了打工人，遇见一个爱人，再组建一个平凡的家庭，这是一个普通人的人生。

但是，我的这个人生剧本里，没有天灾没有战争没有意外，自己和家人都身体健康，没有流离失所，有地方住，想吃的东西都买得起，我们管这个叫"普通人的人生"，其实这已经是属于少数人的很幸运的人生了。

珍惜当下，珍惜所有，我们比谁都幸运啊！

讲述者｜@莘莘

　　我祝你平安。不是"如果快乐太难，我祝你平安"，而是我最希望的就是你能平平安安，其次才是健康无忧，其次才是快乐顺遂，其次才是家业有成。

讲述者｜@十月

　　我想陪在爱的人身边一年又一年，听小侄子咿呀碎语，和爸爸一起钓鱼，陪妈妈逛菜市场，还有一起拌嘴嬉闹的我的朋友们，生活的烟火气，我得好好珍惜。

讲述者｜@Wenzhi｜Chen

　　幸福就是，早上挥手说"再见"的人，晚上又平平常常地回来了。

讲述者｜@梅子

　　我更喜欢说"见一面，"。

5

　　还有人，做出了一些温暖的可爱的转变："请你，务必替到不了明天的人，好好热爱生活，好好投入生活。"

讲述者 | @勤学

朋友圈突然就不想设置三天可见了，害怕以后要是有意外了，爸爸妈妈想我的时候，看不到我的朋友圈。三天可见，其实挡在外面的全是在乎你的人，不在乎你的人，根本不会去翻你的朋友圈。

讲述者 | @王力栋

因为工作和疫情，两年多没有回家。2021年5月我回家了，原本以为的抱头痛哭什么的都没有，反倒是由于一些小事天天争吵。你让我别抽烟，我说烦得不行；你说骑摩托车危险，我跨省去考了驾照。回单位后没过几天，就是父亲节，可是却没机会陪你过。我只想说，今年给你的父亲节礼物就是：我不抽烟了。还有，希望你身体健康，没有烦心事，下一次回家我也不和您吵架了。

讲述者 | @露叶

老公援藏，几个月才能回来一次，每次走的时候我都想抱着他跟他说，"老公，保重身体，我们很想你"；每次要回来的时候我都无数次告诉自己，看到他的第一时间要冲上去，紧紧抱住他，告诉他我想他，很想他……可是每到真正离别、团聚时，又含蓄了。等他6月份回来的时候，我一定紧紧地紧紧地抱抱他。

讲述者 | @~Y

今天和爸妈说了"我爱恁"(山东人),爸妈也和我说了"俺也爱你"。中国人本就不善于表达爱,加上农村人,让这种机会少之又少,说出来真好!

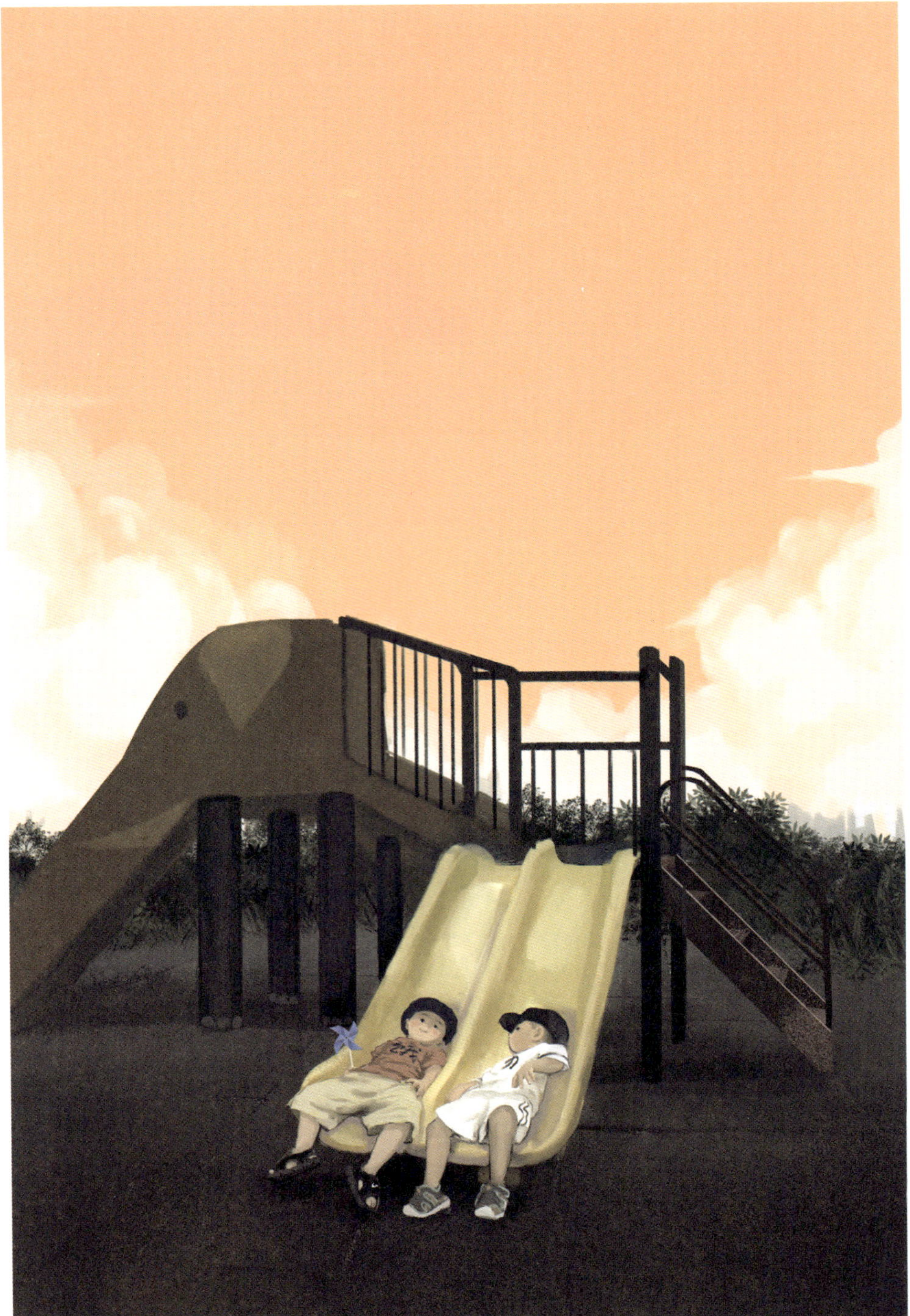

有些朋友，走着走着就散了

不知道你是否有这样的经历：一些曾经亲密无间的朋友，不知道什么时候开始，渐渐地再无联系再未相见。也说不清到底是为什么，也许是忙碌让我们渐行渐远，也许是距离让我们四散天涯，也许是差距让我们不再无话不谈……很多人，走着走着就散了；很多友情，被工作和生活挤到角落，封尘落灰。

有人把这个现象称为"失友症"，但也许，所谓"失友"，并不是一种症状，而是一种感受：原来，有些人真的只能陪我们走一段路。

1

可能这样说有些无奈，但很多友情确实是阶段性的，时间和空间是扼杀友情最大的两个"杀手"。

曾经，时间和空间的撮合，让我们共享了一段结伴的愉快旅程，到了分岔路口的时候，你说要去海里看鲸，我说要去林间看鹿，于是就此分道扬镳。

但我们并不是一夕之间陌生的,刚开始,我们还保持着联系,你给我看看鲸的照片,我和你说说鹿的样貌。但在不再参与彼此的生活之后,话题的开启渐渐变得困难,从前的默契渐渐不再。

很多次,浮于表面的对话、不再及时的回复、戛然而止的聊天,让彼此都分明感到这种联系成了一种打扰。成年人有一种精细的敏感和贴心的自觉,一旦感受到对方的退意和冷淡,自己便也很少再主动了,毕竟,大家都忙。

所以你看,其实什么也没发生,没有具体的波澜,没有大吵一架,甚至没有结束语,但我们就是不再联系了。然后,我们不仅消失在彼此的生活里,也模糊在彼此的记忆中。

在时间的冲刷和距离阻隔下,我们和那个人的联系就这样默默地、悄悄地、势不可挡地斩断了。

"被推着走,跟着生活流,来年陌生的,是昨日最亲的某某。"大概,这就是"初闻不识曲中意,再闻已是曲中人"。

2

关于友情的消散,作家倪一宁曾有一段十分"现实"的分享:

虽然有些直接,但还是要承认,好友间关系变淡的原因之一,是社会资源、地位、见识差距变大,你的苦闷他无法理解,他的彷徨对你而言,又可能是某种变相的炫耀。

两个人无话可说，只能叙旧，直到过去被反复咀嚼，淡而无味，又碍于情面，怕被指责势利，还要勉强维持点赞的情分。

当然，有很多超越阶级的友谊，但两者的见识和思辨力，一定是对等的。许多年少时的朋友，只能被拿来怀念；许多因为恩情而结缘的人，也只适合报恩。朋友是需要交换观点的人，而不仅仅是交换感情。

我越来越觉得，要从同路者中寻找朋友，而不是硬拽着朋友一道上路。到了分岔口，温柔道别就好，过年时发一句"新年吉祥"，也好过两个人口不对心地把酒话桑麻。

3

在各奔前程过程中，旧友不断流失，但在新环境里，又未能建立起可以弥补这种流失的关系。我觉得，是这两者的合力，共同酿成了"失友"的感受。

很多人都有这样的体会吧：毕业工作后，认识新朋友这件事好像变得越来越困难了，交际圈也很难在工作外有所拓展。同事可以一起吃饭一起聊天一起玩，但真要成为特别好的知心朋友，似乎不容易。

这很正常，毕竟大家是因为工作聚在一起的，而不是为了交朋友，况且，当友谊掺杂了公事，又会变得更复杂，顾虑也会更多。

但这些都不是最重要的，真正的问题好像是：我们越来越不愿意花精力去交朋友了。因为工作太累了，有时间就想自己待着多休息，不想在社交上花费力气；因为从零开始了解一个人太麻烦了，已经没有年少时的心气和热情了；因为自己的事情太多了，交朋友已经不是生活的重点了……

旧的不断流失，新的未有补给。于是，朋友好像真的越来越少了。

4

失去一个朋友，除了因为生活轨迹的差异，也许还有一个内在的原因，那就是：对方不再是你认可的那个人了。

能成为朋友，一定有互相欣赏、互相影响、互相促进、互相依靠、互相带来能量和快乐这些因素，如果有一天，因为各种原因，我们已经无法从对方身上感受和汲取这些情绪价值，甚至对方的一些想法和做法是我们无法认可的，渐行渐远也许就在所难免了。

人生的际遇不断变化，行走其中的人也在不断变化。怀念过去，并不意味着要停在过去。

5

有心理学家说，18—25岁是所谓的"成年初期"，这个年龄段主要"解决亲密与孤独的冲突"，我们需要朋友带来的亲密关系，以克服内心的孤独、迷茫和不确定感，冲开人生的一道道关卡。这一时期的交友因素，最重要的是"接近性"。

然后，随着年龄的增长，方向的差异，际遇的变化，曾经的"接近性"受到破坏，很多曾经的朋友疏离甚至失去联系。

但是，随着时间推移，成年人的友情其实也在变化。

我们不再是曾经意气高喊"要做一辈子好朋友"的热血少年，我们不再是连上厕所都要约着一起的亲密同伴，我们更清楚自己想要什么，可以独立做出决定。在这个阶段，"相似性"成为更重要的因素。在一些专家看来，成年中期的友情，不再需要时刻相伴，关系被定义为：知道他在那里。

是啊，真正可贵和难得的情谊，不会轻易被时空打败。哪怕人生的际遇疏离了一些关系，哪怕彼此的联系不如往日频繁，哪怕已经许久未见，哪怕不能第一时间知晓你的近况，但在我需要你的时候，我知道你就在那里。

也许，我们并没有"失去朋友"，我们只是换了一种方式去维系友情，更成熟地面对人生。

"大丈夫各乘风波，未始有极，哀乐且不足累上士之心，况小别乎？"

别离是人生常态,身边的人也确实来来往往更迭不断,但总有一些人,已经陪伴了我们很久,还将陪伴我们更久。

余生，多哄自己开心

生活中，我们常常会为一些事闷闷不乐——

一时找不到摆放的物品；和亲密的人意见不一致；被他人误解却无法解释……

这些事，说小也小，说大也可以左右很长时间的心情。我们都知道生气伤身，然而不得不说，生活中最难践习的是"豁达"二字。

生气前，先给自己五分钟

生活中不少人有"易怒"体质，遇事不冷静，最擅长怒焰冲天。但人不是火柴，不能一擦就冒火。遇事冷处理，才是聪明人的做法。

所谓"冷处理"，不是不闻不顾，而是事情面前，不要着急回应，不要冲动，先让自己冷静下来，给自己和对方一个情绪缓冲的时间，再去处理问题。因为"愤怒之下所做的选择大多违背初衷；愤怒之下所说的话大多伤害了他人，甚至有可能是我们的至亲之人"。

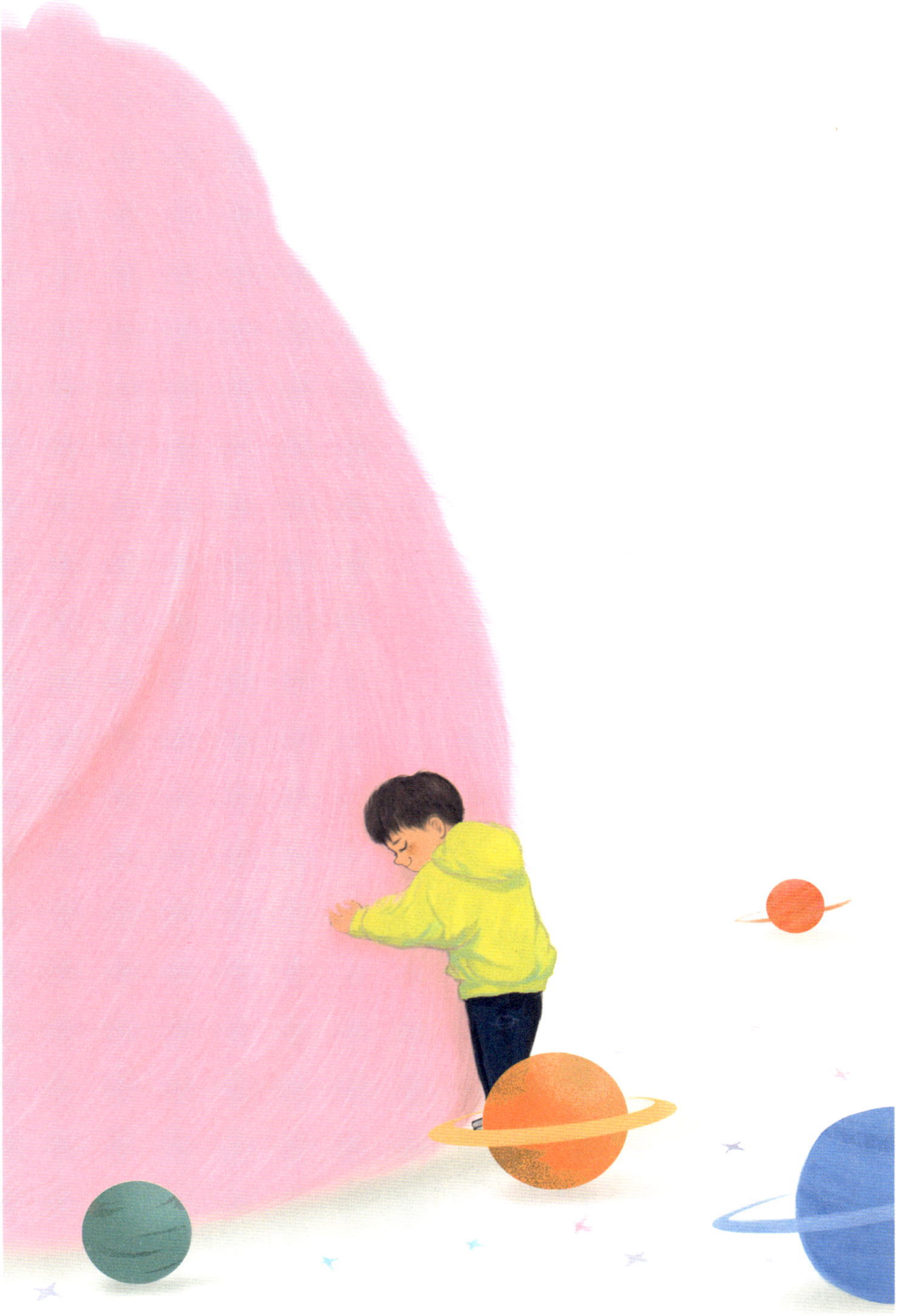

下次生气前,试着先给自己五分钟时间,在心头之"焰"上浇一点智慧的"冷"水,很多不必要的冲突也就迎刃而解。

不把抱怨当习惯

有没有发现,一个人一旦习惯了抱怨,就好像给周边加了暗灰的滤镜,看谁都不顺眼,对任何事都倾向不满。实际上,没有一种生活是完美的。

遇到不顺心的事儿,发发牢骚、吐吐苦水正常,但千万不要放任抱怨的情绪,被其裹挟,以至于心情崩坏,溺于其中无法自拔。

《荀子·荣辱》有言:"自知者不怨人,知命者不怨天。怨人者穷,怨天者无志。"这句话的意思是:有自知之明的人不会抱怨别人,掌握命运的人不会抱怨苍天;抱怨别人的人无法摆脱困窘,抱怨上天的人无法立志进取。

不抱怨,是通透,是修养,是气度。少了怨气,生活才能添更多的运气。

宽以待人,闲气少生

我们常把"使自己不得开心颜"的缘由归于外界:是别人做事

不周惹恼了我,是别人的话针对了我,是别人故意刁钻为难我……

我们以为生气、发泄,能达到"震慑""反击"的效果,实际上情绪层面的较量常常会把事态推向更糟糕的地步,而对分歧的及时有效化解无补。更何况,很多时候,我们烦恼和痛苦并不是因为事情本身,而是因为我们加在这些事情上的观念。

换个心境看问题,换个角度理解对方,情绪也会不同。不去苛责别人,心中就会少生很多闲气。即便真的错在他者,为了不靠谱的人和事,动怒不值得;为了有意伤你的人而动怒,更不值得。

以宽容的态度对待别人的言行,以成熟的心智判断人际间的是非,每一次选择"放下",善待的都是我们自己的心。

快乐,也是需要练习的

网上有这样一句话:"不要因为5分钟的不开心,就耽误你23小时55分钟的开心。"

生活严苛,我们更应该学会照顾好脆弱的心灵,多去哄哄它、安慰它,告诉它一切都会好起来。遇到问题时,如果无可逃避,不如坦然;如果尽力无果,不如欣然;如果他人误解,不如释然。

不郁积愤懑、哀怨、委屈,心灵才会有更多的空间引光入室,驱散阴霾,照彻幽暗;不和琐事纠缠磨斗,糊涂一点、健忘一点、豁达一点,才更有机会接近简单的快乐。

这里有6个快乐的秘诀，需要的时候多来看看吧：

1.早上起床后，对着镜子给自己一个大的微笑（对一天都有治愈的良效）。

2.多仰望天空，多远眺碧水，多俯瞰丘壑，多接触小动物。让自然万物拓宽心的容量。

3.当事情不尽如人意时，去接纳、拥抱不完美和缺陷，不要总是赌气较劲、设法控制和改变。

4.不要把自己生活中最糟糕的一面和别人生活中最光鲜的一面做对比。生闷气是无能者的利器，允许自己做自己，也要允许别人做别人。

5.精神烦躁易怒时，给自己找一些宁静的时刻，休息，放松，调整呼吸，给混乱的思绪按下暂停键。

6.总生气是因为缺少智慧。多读书吧，阅读可以帮助你重修心性，书读得越多，越容易笑看风云，知道什么值得、什么不值得。

为什么我们需要倾诉

有两个小问题，等你回答：

当你身陷困境时，你会主动向身边的人敞开心扉吗？

当朋友吐露烦恼时，你有足够的耐心倾听他/她的诉说吗？

人，越长大越成熟，但成熟不完全意味着"独自领受与暗自消解"。倾诉欲是一件很珍贵的东西，许多烦忧，说出来，难就会减一分，苦也能淡一点。你有多久没向人倾诉了？你最想倾诉的一件事又是什么？

好像我们不爱倾诉了

成人的世界不容易，进一寸有一寸的荆棘。学习上的压力、工作中的瓶颈、恋爱里的分歧、家庭内的纷争……各种各样的"事件"候着你应对，催着你做出回应并不失妥当。

太多时候，我们会感觉心房里像有一只填满密集情绪的大象，没有透气的空间。即便如此，很多人也会选择默默地舔舐伤口,一个人吞咽掉所有。他们给出的理由义正词严:"都是成年人了,必须受着""大家都很累,不要说自己的负能量了""倾诉能解决问题吗?算了"。

事实真的如此吗?当人与人之间缺少必要的互通,尤其是那种愿意向对方袒露自我脆弱的真诚,交流也会流于轻浅与表面。毕竟,关系的疏密,一定程度上,取决于我们对彼此了解的深浅。

一个长期自我封闭的人,无法通过与人交谈获取新鲜信息的人,对自我的审视也会是片面狭隘的。在这个层面上,主动倾诉,是我们踏出孤独藩篱、走向广阔的一步。

倾诉的困扰

"翻遍通信录,竟找不到一个可以倾诉的人。"

"不倾诉,是因为失望很多次,没有继续表达的欲望了。"

"当我倾诉工作困难或者抱怨现状时,别人往往认为,是我太娇气、吃不了苦。"

"你听到我说的了吗?""嗯,你这是典型的小题大做、庸人自扰。"

这是你的感受吗?身处一个表达过于喧嚣、信息冗余的世界,却常感那些真正属于自我的、私密化的倾诉无处附着。能捕捉到自己情绪点的树洞,寥寥无几。

如一位网友所说:"我不认为人可以和另一个人真正地交谈。如果不是有同样经历的朋友,他们其实并不能理解你的感受之万一。"

倾诉,是基于想要被安慰、被理解、被接纳的期待。如果得不到共情,处于悲伤中的人就会关闭自己讲述的通道,与外界隔阂。

改变这一局面,需要交谈双方共同的努力。倾诉者不妨降低对情感回应的需求,很多时候,你需要的仅仅是释放,找一个你认为安全的、充分接纳的人,敞开心地讲出来,诉说本身就是疗愈的过程。

而对倾听者来说,只是认真倾听,尽量倾听,就已经很好。不要过分期待对方在我们的安慰与建言下,第一时间好起来。默默陪伴已是良药一剂,很多时候,你说说,我听听,事情也都过得去。

为什么倾诉很重要

因为每个声音都值得被听见,因为没有人可以是一座喑哑的孤岛。

倾诉是打开幽闭之心的门,有通道,情绪的气流才能自由来回、净化、更新。焦虑才不会以一种心理负压的形式在体内郁积。

倾诉也是一面照见自己与他者的镜子,是发酵人际感情最直接的培养皿。你愿意袒露自己难以启齿、隐秘的痛苦；我愿意以聆听的方式，参与你经历的幽暗时刻。彼此打气，不仅是对伤口的审视，也是意识到"没有过不去的坎，生活可以好起来"的开始。

需要提醒的是，倾诉不是没有节制的宣泄。我们要学会客观描述自己的困境，化解处境而不是一味发泄情绪。最重要的，倾诉后及时调整状态，找回曾经的生机与活力，这也是给予聆听者最好的回馈与感激。

当你想倾诉时，就让话语自然地流出吧。你不必一个人扛下所有，请相信，在世界某个角落，一定有人愿意聆听你的孤独。

在声音的交织里，我们携手走过漫长的岁月。

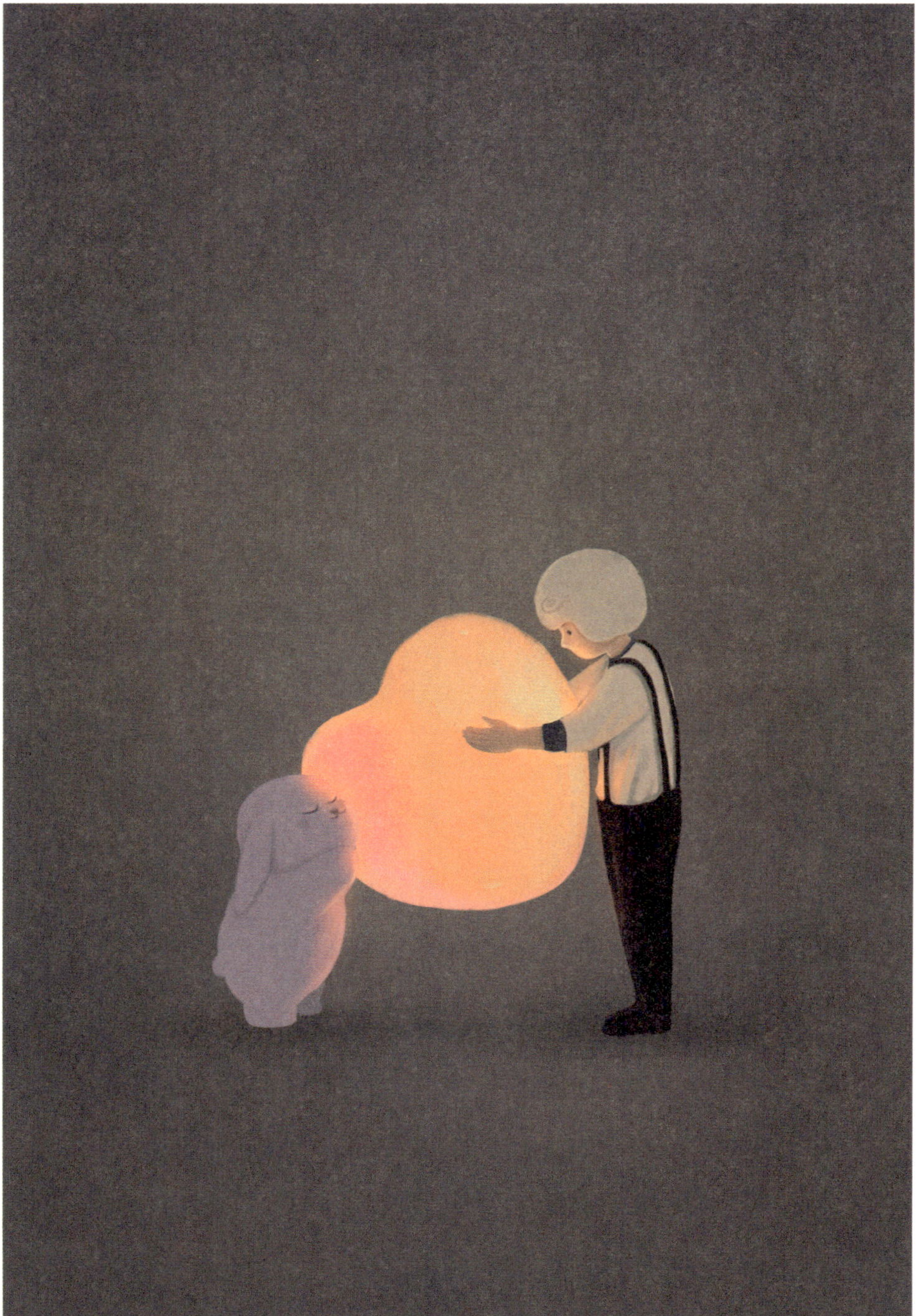

我们需要怎样的情绪价值

"我喜欢那种能带给我情绪价值的朋友。"
"我们已经无法给彼此提供情绪价值了。"
在如今的人际关系和亲密关系里，好像越来越多人提到了"情绪价值"这个词。
"情绪价值"一词最初来源于经济学和营销领域。但在生活中，这个词多用来指一个人影响他人情绪的能力。一个人越能给其他人带来舒服、愉悦和稳定的情绪，Ta的情绪价值就越高；一个人总让其他人产生别扭、生气和难堪的情绪，Ta的情绪价值就越低。
你生活中最能提供情绪价值的人是谁？你觉得自己是个能够提供情绪价值的人吗？

讲述者｜@巴山夜雨

和前男友分手，是很多小事的累积，但归根结底好像还是因为他不能为我提供情绪价值了。比如我跟他说什么事的时候，他只会说"你是不是想多了？多大点事啊"这类不痛不痒的话，完全安慰不了我；但他碰到不如意的事情，把负面情绪倒给我的时候，我为了让他开心，会想尽办法。

总是为他消耗自己的情绪，但又无法从他那里得到情绪补给，时间一长就特别累。

讲述者｜@阿白

有段时间状态很差，一直跟好朋友哭诉，有时候凌晨也会给她打电话，不管不顾地倾吐自己的烦恼。那段时间，朋友真的给了我很多安慰，她对我来说是一个绝对安全的空间，让我可以安心释放情绪。但我后来才知道，她那段时间其实特别累，总在接收和包容我的负面情绪，还要不断输出自己的正面情绪安慰我，精神都要被我掏空了。知道之后，我真的非常自责和愧疚。

这件事让我明白，要珍惜在难过时陪伴你的朋友，也可以向他们寻求安慰和帮助，但不可以成为一个只知道索取情绪价值的黑洞。

讲述者｜@忘忧草

我和丈夫的教育背景不同，知识量相差悬殊，他知道的比我知道的多太多了，我每次都惊叹："你太厉害了，连这个都知道。"

他说："我只是比你早一点知道而已，现在你不也知道了。"

我好喜欢他这一点。知识和信息密度远大于你的人，愿意俯下身来和你交流、尊重你、鼓励你、引导你，这便是温柔。

这个故事，无论看多少次都喜欢，这种同理心、温柔、尊重、以及爱的能力，应该就是一种难得的情绪价值吧。

讲述者｜@了不起的老陈

我爸真的是一个情绪价值非常高的人。

他很少生气，脾气特别好，偶尔跟我妈吵架，会默默到天台看看他种的菜，下来的时候还会给我妈带把小葱，说晚上下面的时候放，我妈就一下被他气笑了。

他很少打击我，总是表扬和肯定，虽然我是个完全不优秀的小孩，但在他眼里好像就是全天下最好的，连在朋友圈发个随手拍，他都会说"你这图拍得挺有水平"。

他很擅长倾听，我以前跟他说同学的事、学习的事，后来跟他说同事的事、工作的事，他都很耐心，对我的问题也会给予积极的反馈。

他面对大事很平静很有定力，奶奶爷爷相继去世那年，我两个姑姑都崩溃了，我爸成了全家的定海神针，把所有事安排得井井有条，事后自己却大病了一场。

他不太计较，吃点亏也不当回事，没有那种"一定要争回来"的执念。他是那种在你愤怒到快失去理智时，会把你拉回来，让你平静下来的人。

我今年快30岁了，遇到不开心的事，就会回家和我爸待两天，然后就什么都好了。

整理自：Knowyourself

给他人提供情绪价值的核心，在于情绪成熟。情绪成熟的人一般有这样三个特点：

负责。他会为自己的情绪负责，不会把自己的负面情绪发泄到别人身上。而情绪不成熟的人总想着让别人来分担和接收自己的坏情绪。

有适应能力。适应能力好的人，会适时调节自己的情绪，让对方感到稳定和安全，哪怕在体验到负面情绪时也能保持理性，不会因为情绪的影响而有激烈的言行。对成年人来说，保持情绪稳定是很重要的一件事。

给予。给予指一种付出的能力，他在情感上不会只关注自己的期望和要求，也会考虑他人，同理他人的感受。

在生活中，如果想要给他人提供情绪价值，有一些方法可以参考：以积极建设性的方式回应对方分享的好消息；对日常小事表达高质量的感恩；为压力大的家人、朋友、伴侣提供支持；在争论爆发前，软化你开启对话的方式，等等。

讲述者｜@小羽

我眼里的情绪价值，可能就是，我跟这个人在一起，有充电的感觉。

和朋友在一起，有观点碰撞的火花四溅，有嬉笑怒骂的同频共振，有不用设防的快意肆然；跟恋人在一起，有快乐的分享，也有痛苦的分担,你知道自己会被托起,也会被治愈;和家人在一起,能感知到自己被爱、被支持,永远有退路、有底气。

然后,我会感到自己电量满格,又重新爱上人间。

当我们说情绪价值,好像是在讨论一个有些专业的词,但如果认真探究它的内核,它代表的,又好像是情感关系里一些很普遍的需求:对方能关心我、理解我、鼓励我、支持我、尊重我、安慰我、接住我……

如果这是我们对他人的期望,反过来,我们也应该以同样的方式去对待他人。

有一个能为自己提供情绪价值的人当然很好,但人生很多时候,我们还是不得不学习自己处理负面情绪,学习自己感知和寻找快乐。如果我们,哪怕不依靠别人的安慰,也能度过那些痛苦的时刻;如果我们,哪怕自己一个人,也有获得快乐的能力,我们好像就多了一种了不起的能力:自己为自己提供情绪价值,自己做自己情绪的主人。

学会聆听，好好说话

想要表达关心，话说出口却成了责备；想要请求帮助，却忍不住先抱怨两句对方的不是；明明可以温和地讲述，张口却是咄咄逼人的反问、抬杠……原本好好的交流，因为没有好好说话，就这样变了味。

有调查显示，"不好好说话"更常发生在亲近的人之间，它不太显性，却可能在日积月累中影响亲密关系和家庭关系的和谐。

你遇到过"不好好说话"的情况吗？

讲述者 | Blue

为什么许多关心，出口会成责备：明明想说"天气冷，多穿件衣服吧"，出口的却是"穿这么少，像什么鬼样子"；明明是担心你减肥营养跟不上，嘴上却说"到时候胃出问题，去医院还不是花我的钱"……

他们不是冷漠无情，也不是自私，可能只是无法很好地辨识自己的感受，也无法好好表达自己的情绪。他们的问题，叫作述情障碍。许多人不会好好说话，也是这个原因。

讲述者｜小李要早睡

"都是我的错，你一点错没有，行了吧？"

"这次确实是我不对，但你之前那次……"

"我都道歉了，你还要我怎么样？"

无效道歉三连。

讲述者｜蜜桃红茶

我妈就是典型的不会好好说话那种人，说出来的话总是夹枪带棒的，常常让我觉得不舒服，举些例子：

我说我感冒了，她会说："你就是平时不运动，还这不吃那不吃，才会抵抗力这么差，你看我就从来不感冒。"

我吃鱼被鱼刺卡住，但害怕去医院，她会说："行行行，不去，你就等到喉咙发炎肿起来，痛死好了。"

我的衣服被她擅自拿去送人，我问起来，她会说："你那些衣服，八百年穿不了一次，放在家里占地方，我拿去送人怎么了？"

我让她别乱动我的东西，动完老是找不到，她会说："我帮你收拾还收拾错了？行，以后你的房间变成狗窝我也不管了。"

我偶尔撒娇说想吃她做的饭了，她会说："哟，你不是最爱吃外卖嘛，我做的饭哪比得上啊。"

我心里明白她特别爱我，每次说归说，我一生病她比谁都急，我想吃什么第二天就出现在饭桌上，我工作好几年了还老给我零花钱，但爱如果能好好表达，不是更好吗？

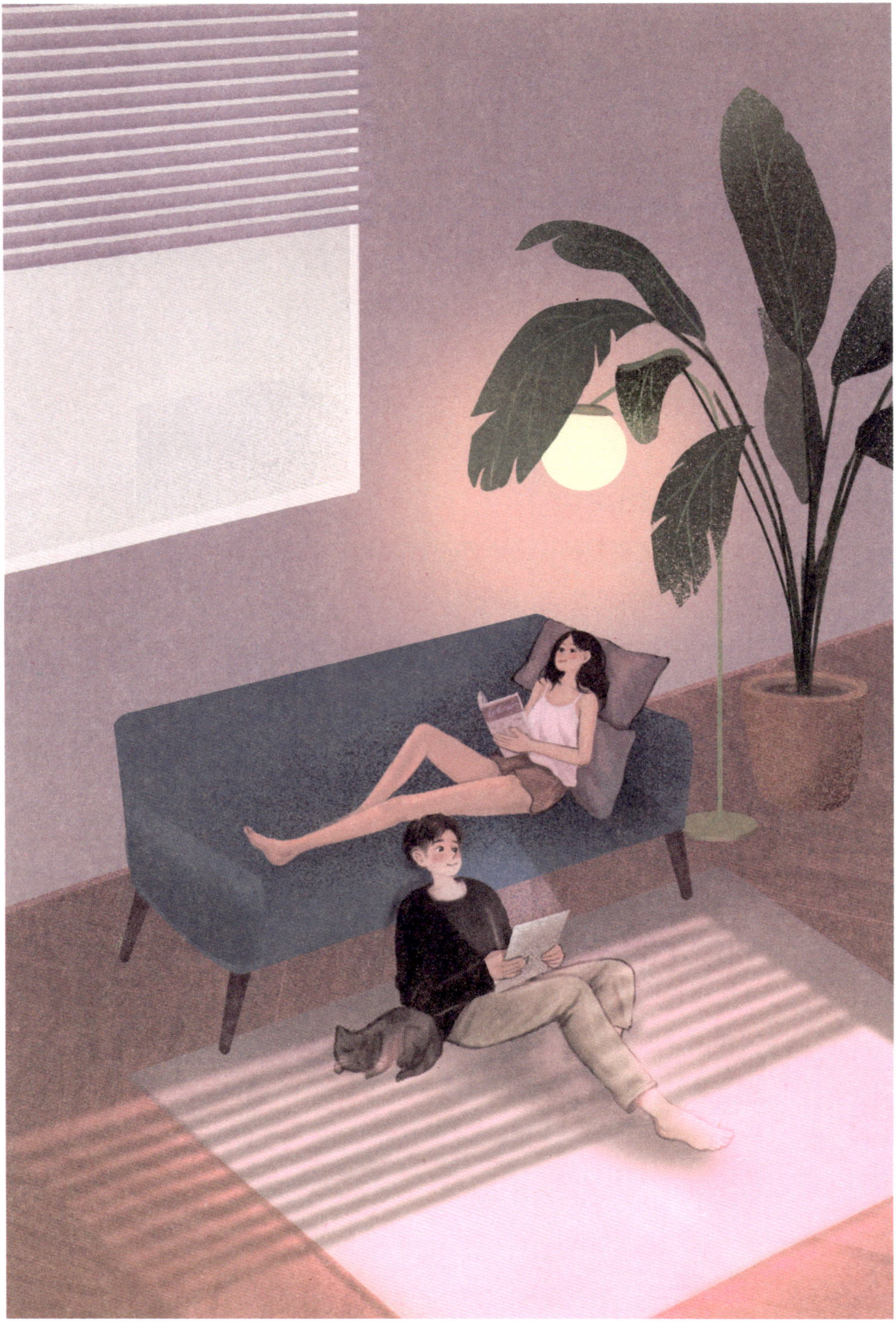

讲述者 | 追剧的小南

之前看一部剧，里面有对姐妹，妹妹生意不顺，一直想着要不要跟姐姐借钱，心里正挣扎的时候，姐姐先开口说："你是不是要借钱？"妹妹像被激了一样，下意识地用那种"你开什么玩笑"的表情大声反驳："没有，谁要借钱了！"姐姐一看她这态度，也立刻怼了回去："好，你最好永远别跟我借钱。"

分开的时候，姐姐看着妹妹，犹豫着抬了一下手，她其实是看出妹妹过得不太好，想抱她一下，但妹妹以为姐姐要打她，整个人顿时开启防御状态，本能地抬起双手，"啪"地打在了姐姐脸上。

看这段的时候我觉得特别难过，亲人之间为什么要这样呢？一方明明需要帮助的，却不肯好好说明；另一方明明想关心，却偏要嘴硬。爱就是这样错位的啊。

讲述者 | 梁逸安

我妈退休后，我劝她培养点兴趣爱好，种种花学个画都挺好的，还能认识些新朋友。她直接来了句："我半截身子都进黄土了，还学这些干什么。再说，你没结婚，我哪有心思做这些。"

我听完差点哭了，这委屈，谁能顶得住哇。

讲述者 | 麦月

男友总是起得很晚。和他沟通过，无效，一次忍无可忍的情况下吵了一架。他说:"对不起,我就不应该睡觉。"

那一瞬间,整个人都不好了。

讲述者 | 明明是个小可爱

我真心觉得有些话,只要稍微换个说法,就会有完全不一样的效果,比如:把"你就不能把碗洗了吗"换成"你没事把碗洗了好吗";把"你就是因为当初没听我的,才会现在这样"换成"你要是觉得妈妈的建议有点用,以后还是可以问妈妈的";把"你怎么这点小事都做不好"换成"你看,把小事做好也不容易吧"……

语言归根结底是工具,好好使用它,才能发挥它该有的作用。如果明明是爱和关心,却因为没有好好表达而变成芥蒂、猜忌、伤害,是多么遗憾的一件事啊!

生活中,我们好像常常把礼貌和善意留给陌生人,但在亲近的人面前,却往往肆无忌惮、口无遮拦。很多时候,那些不好听的话,像刀子一样就出口了:可能是挖苦嘲讽式揶揄,可能是口不对心的反话,可能是不耐烦的潦草敷衍,可能是下意识的否定和打击……

不好好说话,是多少家庭的顽疾,又给多少亲密关系蒙上了阴影。也许确实是"刀子嘴豆腐心",可是刀子嘴也会伤人,语言暴力也是暴力，而且因为是最亲的人，这些话尤其戳心窝。

家应该是讲感情的地方，家人之间应该相互支持鼓励，许多事不需要论是非、定胜负。对身边那些陪伴最久、相爱最久的人发脾气，是世界上最得不偿失的事了。

很多人"不好好说话"，都不是本意，可能是习惯，可能是情急，但在所有亲密关系里，我们都应该学习的一件事是：认真聆听彼此的需要，用爱和宽容体谅对方，而不是被一时的情绪所操控。

最后，借网友"@比比罗木"的一段话，祝大家都能坦然地表达爱、拥有爱：喜欢就说喜欢，生气了就告诉对方为什么生气，做错事就诚恳地道歉，不要阴阳怪气，不要总让人猜，试过坦诚后，就不会再愿意伪装。相爱的时间太宝贵了，可不能在奇奇怪怪的问题上消磨爱意。

好的友情，贵在相处舒服

近两年，"无须回应式友情"这个词汇在网络上逐渐流行起来。无须回应式友情是指：

想分享的时候就发信息给对方，根本不在意对方回不回，甚至聊着聊着就几天不见，回来也能续上接着聊，完全不用担心突然结束会不会尴尬。不用顾虑任何事，这种感情状态真的贼舒服。

的确，好的友情，一定是让你能做自己、感觉舒服的。那么，让人舒服的友情状态又是怎样的呢？

无须时时回应

有些朋友是这样的：你看到什么好玩的好看的，随手就会分享给他，也不在意对方会不会回复，什么时候回复，就是单纯想和他同步一下生活。对方可能一直不回复，下次再聊直接聊别的，也可能隔半天才回复。就这么有一搭没一搭的，很轻松。

有些朋友是这样的：正聊天呢，聊着聊着就消失了，也不打招呼，而你也不会干等或多想，更不会觉得突然结束聊天很尴尬，转头忙自己的去了。不知道过了多久，对方回来了，说一句刚才有个什么什么事或者什么也不说，两个人又能续上接着聊，好像无事发生，很随意。

还有一些朋友是这样的：你半夜三更情绪化了，也不管几点就直接发微信问："在干吗？"对方回了的话，就聊聊，没回的话，情绪化一下也就睡了。要是第二天他问你怎么了，你半夜的情绪已经过去了，他也不会追问。就这样，很默契。

让人舒服的友情，不需要时时回应，也不会猜来猜去。

可以没有压力地拒绝和说不

"不知道怎么拒绝别人"是多少人的社交痛点：明明没那么熟，周末更想在家躺着，但面对对方热情的邀约，拒绝的话却怎么也说不出口；明明更想吃火锅而不是炒菜，怕别人觉得自己事多，就附和说"好啊好啊"；明明自己很忙，却不知道怎么推掉别人眼里的"举手之劳"……

有时候，为了在别人那里维持一个可亲的形象，拒绝成了一件难以张口的事，就算拒绝了，心里也会感到压力甚至歉疚。

可面对那些真正让我们觉得舒服的朋友，是绝不会有这种顾虑的，朋友发来邀约，不管有事没事，如果不想去、不能去就可以不去，更不需要因为拒绝而有心理压力，不用瞻前顾后，也不用曲意逢迎，因为知道对方绝不会往心里去，因为知道彼此的关系绝不会因为一两次拒绝就疏离。

拒绝的继续忙自己的事，被拒绝的也该干什么干什么，等到再见时，还是一如既往地毫无芥蒂。

突如其来的想法也能得到响应

你在生活中，有没有那种突然"福至心灵"的时刻？比如你正好好走在回家的路上，突然很想穿城去吃一家很久以前吃过的餐厅；比如你正上着班，扭头发现外面下雪了，突然很想找一个人去公园玩雪；比如周五晚上十点，你没来由地看起了机票，想第二天一早飞到另一个城市去……

很多时候，这些突如其来、奇奇怪怪、略显疯狂的想法可能只是冒了冒头，又缩回去了，我们并没有勇气把它们付诸实践。

但是，如果你足够幸运的话，当你把这些突如其来的想法告诉朋友时，你会得到回应，他们会在群里，在电话那头，简单直接地说：走起！"啪嗒"一声，和你心里的期待合上了！

这种友情，就好像在苍茫黑暗的荒野上，你举着手灯一闪一闪地呼唤同类，而远处，另一盏灯也明明灭灭地予以回应。太美妙了。

可以什么都说,也可以什么都不说

朋友之间,可以什么都说:小到今天听来的一个八卦、家里的小孩如何吵闹、喜欢的球队输了一个球,大到热议的社会新闻、新出的国家政策;可以说买菜、做饭、送娃上学这样实际的事,也可以谈论花怎么开、外星人是否真的存在;可以互相赞美,也可以互怼互损……

朋友之间,也可以什么都不说:哪怕静静地坐一整天,你看你的书,我喝我的茶,也没有丝毫尴尬,反而觉得很快乐、很安稳、很平静;哪怕我遇到事情时,你只是站在一旁握着我的手,我也能感觉到安心和力量。

让人舒服的友情状态,就是可以"无话不说",也可以"无话可说"。你会接住我无处安放的分享欲,也懂我所有的欲言又止和沉默不语。

不用在彼此面前表现出很厉害的样子

成年人在很多场合都想要展示强大的一面,难免会想表现一些"我很厉害"的模样,谈不上伪装,但人多半是紧绷的、疲惫的。

但这在友情里完全不需要,因为友情的前提是真诚平等,在真正的朋友面前,你可以放松,可以不完美、不厉害,就像一

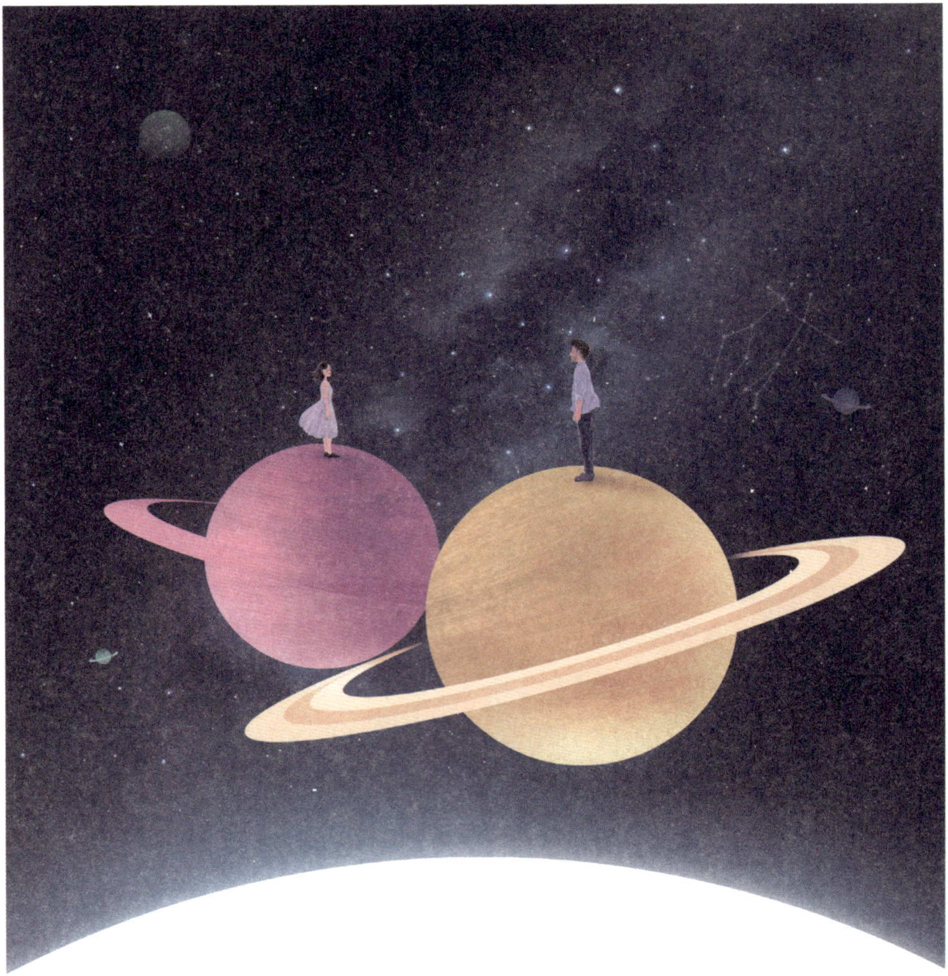

位六岁小朋友在作文里写的一样：爱就是当你掉了一颗大门牙，却仍然可以坦然微笑，因为你知道你的朋友，不会因为你的不完整，而停止爱你。

　　这种"坦然"，就是友情里最舒服的状态，做最本真的自己，丢掉强撑的面具，丢掉完美的桎梏，大大方方地展露出自己的柔软、脆弱和缺点，因为我知道在你面前，我仍然被爱。

　　长大之后，有些朋友不可避免地渐行渐远，但正如一位网友说的那样："真正的朋友应该是虽然很久才能见一次，但每次见面既不会感到时光让我们缺失了共同语言，也不需耗费精力去解释彼此不在时发生的那些事的前因后果，就好像昨天才刚刚一起喝茶聊天过一样。"

　　三秋不见，如隔一日。

　　愿你能找到相处起来舒服的朋友，愿你们长久相伴，从夏花走到冬雪，共历人间事。

人生，难得知己

有人说："没有真我，就没有真正的关系。"

如果一个人，能让你无所顾虑地把自己最赤诚重要的东西分享出来；如果两人在一起，即使什么都不说，也能在情感上通达彼此，觉得在一起是滋养的、舒服的、不需要粉饰的；如果你们初初相遇，二三言语就能激碰出电光石火般的投契，让你心惊，原来这个世界上竟有这样的理解与相通。

这样的人，我们叫作"知己"。

知己，是你愿意毫不设防去分享的人

成长的路上，我们的圈子越来越大，可大多数是维系在客套层面的泛泛之交，彼此间保持着礼貌的距离与社交的界限，真正愿意倾听心声的人寥寥无几。

所以我们常说，知己是朋友中的极品，千金难买，可遇不可求。在知己面前，你会感到踏实的安全，甚至有一种去敞开自己的心扉的迫切，倾诉烦恼，言明委屈，哭的笑的，好的坏的，光彩的不堪的，都愿意拿出来说。

只有当一个人预感到自己可能被认同和理解时，分享才是积极主动的。相反，如果我们始终感觉和对方有精神层面的隔绝，有潜在的不友好的解读，那么交流将会克制，而且无法揭露出自己真实核心的部分。

在知己那里，我们单纯地感到平静而安心，放下戒备的我们，也会因此变得更柔软、更从容。

知己，是不会让你产生"消耗感"的人

人际关系中的消耗感，常常会浪费我们很多精力与情绪。而和知己在一起，你会有这样的感觉：你无须调用额外的精力去解释、说明、强调，对方就能接收到你要表达的全部信息，给你正中心怀的安抚与照料；你也不必刻意去逞强、美化、掩饰什么，对方就能看穿你的伪装和坚持，理解你笑容背后的不易。

相比于那种耗费心力维系的情感关系，和知己的关系贵在"简洁"。彼此在情感上需要什么、看重什么，情感缺口是什么，早已心知肚明。因为懂得，所以不必言深；因为相知，所以自有疼惜。

知己，是与你人格平等、心智相当的人

在你们的关系中，不存在支配、凌驾与臣服，比如用牺牲或者让渡自我的方式，去换来对方的关注和尊重；用取悦、讨好的媚态，去维系友情的正常发展等。同样，两个人如果心智水平上的差异性过大，也很难保持稳定、长期的连接。

真正的知己，与你既旗鼓相当，又惺惺相惜，你们彼此不约而同地把人格平等视为交往的第一价值，并在岁月洗礼中不断加深这一认同：我们是平等的，即使以后各自的人生面貌会有起落变化，但我们不会忘记彼此的珍贵。

知己，是可咫尺、可天涯的人

不少网友感慨，到了一定年龄，才发现人生这条路，太多的站台了，一些朋友走着走着，就各奔东西了。距离远了，一些情谊自然就冷淡下去了。

时间和阅历成为过滤器，会为我们筛选出真正的友情。而这种情意，更多是一种不以距离为度量的关系。在一起，可以无话不谈；分开了，彼此间精神上的共鸣成为看不见的纽带，偶尔联系起来，很快就能召唤回往日的熟络。

知己就像是人生给你备下的一份坚固的礼物，让你跨过人山

人海，发现最懂你的人未曾改变。

知己，是纵然命途坎坷，选择与你同在的人

物以稀为贵，情也无异。这世间并没有真正的感同身受，但却真实存在着"行合趋同，千里相从"的情谊。

知己也许不会夸夸其谈，但他给你的情是深的，心是真的。是那种难得的朋友，"我成功，他不嫉妒。我萎靡，他不轻视"。他不是冲着你的光芒匆匆赶来，而是看到你在泥泞里艰难前行时，不顾你的狼狈与周遭的议论，坚决地拉住你的手，带你再续一程。

冷暖走过，方知情重。每个人都会有跌入低谷的时刻，甚至感到整个世界"像故意气自己似的"充满敌意。这时，只要身旁有一个人陪着你、相信你、鼓励你、告诉你，你并非一无所有，这世间仍有一人欣赏支持着你的才能与抱负，这片黑暗就有留给光的罅隙，去点亮你。

如果你的身边恰好有这样的知己，请好好珍惜，并引为终生莫逆。

分享欲是最高级的浪漫

分享欲是当下许多人讨论的热门话题。有人说分享欲就是一种热情和爱:"那天我跟你说想看看你那边的夕阳,并非我眼里无黄昏,并非我抬头所见的黄昏与你的不同,而是我也希望你把你的所见所闻,热气腾腾地分享给我。"也有人说分享欲的重点在于回应,没有回应的分享,是对热情和感情的巨大消耗,是渐行渐远的前兆。

那么,你觉得呢?

亲情里的分享欲

随着年龄的增长,子女和父母之间,好像会生出许多微妙的距离感。小时候的无话不说、事无巨细变成了"报喜不报忧",但比"报喜不报忧"更让人难过的,是"喜忧都不报"。

从什么时候开始,我们只会用"还行""都挺好""就那样""没什么事"这样极简的表达来应付父母的关心和询问?什么时候开始，父母不再清楚你最好的朋友是谁？不知道你最爱吃的东西已经变了？

除了分别和距离，也许还有一个原因：你不再和他们说了，你不再对他们分享你的生活了。

是啊，外面的苦闷和精彩，父母都不太能理解，索性全然不提了。可是，一直见不到你却又遥遥记挂你的父母，真的很想知道你在怎样地生活着，而不是被一句"挺好的"阻断所有通路。

前两年的一部热播剧里有这样一个桥段：女儿回到老家，无意中发现母亲把她曾经发在朋友圈里的照片全都存了下来，即使画面里没有女儿，即使只是些随手拍的日常照。通过这样的方式，母亲留意着女儿在外面的各种生活细节："我想知道我女儿在外面爱吃些什么菜啊，喜欢喝什么奶茶啊，吃了什么蛋糕啊，又换了什么颜色的指甲油啊……这样我对你的了解就更多了。"

当父母只能通过朋友圈来了解自己的子女，实在是让人有点难过。

亲人之间的沟通，很多时候讲的不是效率，而是细节的交换和往来，哪怕只是琐碎地说些废话，也能让人觉得幸福。

下次，如果爸妈再问你"最近怎么样"，不如试试这么说："哎呀，我跟你们说，我最近真的太倒霉了，领导让我写个年终策划，我觉得我写得特别好特别用心，结果他居然给我打回来了，你能相信吗？我索性化悲愤为食量，和朋友去吃火锅了，就是你们知道的那个欢欢啊，长得很漂亮，在会计师事务所上班那个。那家火锅跟家里是不能比,但小酥肉还不错……"

友情里的分享欲

此刻,如果你拉一下你和好友的聊天记录,有多少是正儿八经的严肃话题呢?可能大部分还是些琐碎的、有一搭没一搭的对话吧:最近看的电影和书、最近"种草"和"拔草"的物品、八卦、对工作的吐槽、生活里的有趣瞬间,以及"哈哈哈哈哈"……

朋友间的分享常常有一种随意感:班上到一半,朋友发来一条消息,噼里啪啦说些有的没的,能让你从繁杂的工作中跳出来一会儿,心生一丝快乐;盛夏骤雨后或冬天初雪时,好友框会此起彼伏地跳出一些提示,告诉你"快看彩虹""下雪了";吃到什么好吃的,随手拍一张发群里,再加一句"下次一起来";哪怕分享的是颓唐和沮丧的情绪,也可以被安稳地接过来……

所有这些,都会让你觉得被挂念、被在意、被需要。

很多人说,分享欲对对象是有要求的,需要双方有共同的语言、差不多的笑点、相近的知识面、契合的三观……朋友在这一点上可以说有着天然的优势,因为你们能成为朋友,很大程度上就是因为这些。

长大后,大家越来越忙,对友谊也是考验,见面要靠凑,屡约不成很正常,回复常常不及时,但无论如何,未曾断裂的分享，其实就是一种对彼此的惦念和对彼此生活的参与。得益于此，在朋友一路走一路散的今天，才有些人能陪伴我们那么久。

爱情里的分享欲

"有一天我在路上看到一棵长得很奇怪的树，第一反应竟然是拍下来发给你，我就知道大事不好了。"

这个经典的故事，很好地解释了"分享欲"在爱情里的重要性。喜欢你，才会看到什么第一时间想到你；喜欢你，才会跟你说些有的没的。

像"奇怪的树"这样看似无聊的日常，却恰恰佐证着爱情的鲜活，好像生活里的一切都值得讲给你听：我今天早餐吃的是咖啡加油条，没想到中西合璧的新鲜搭配也很不错；刚才在路上看到一只超级可爱的萨摩耶，突然很想养狗；今天我这里天气很好，特别适合去爬山；今晚月色很美，我随手拍了张月亮给你……

千万件小事，意思只有一个：想念。于是，哪怕此刻不在一起，也好像和你共度了许多心有所动的时刻。

就像网友"@iswenwena"说的："我认为在一段亲密关系里，分享欲极其重要，爱意的流失也是从分享欲减少开始的。我当然不关心云是什么形状，也不在意路边的奶茶店开没开门，更不觉得饭煮糊了有什么可拍照的，所有跟你讲过的那些无意义的事情，本质上都是希望你能参与我的生活，和我保持爱意的联结。我的日常实在太普通了，但因为你的存在，我觉得它们比以前有趣多了。"

喜欢也许有很多种表现，分享欲大概是其中最普通又最动人的一种，分享的事情没那么重要，重要的是，分享的这个行为里，真的藏着好多好多的爱与热情。

分享与回应

如果说，分享欲的原因是喜欢、热情和爱，那分享欲的维系靠的就是：回应。

大部分关系里都有微妙的自尊，如果每次都是你主动，如果你满心欢喜地说了一大段，对方只回个"嗯"或"哦"，如果你能明显地感到对方的敷衍、不在意和没兴趣……分享欲是一定会被消磨的。

哪怕会失落，我们也要承认，有时候，一个人的分享欲对另一个人来说，可能是一种负担，对方并不是一定要回应的。这不是你的问题，也未必是对方的问题，只是，他可能真的不是那个可以接住你的人。

正因如此，有人好好接住了你的分享欲，才会那么幸福。

希望你不吝对所爱的人分享和表达；

希望你付出的热情能够被回馈；

希望你的快乐和难过都能有回音；

希望你在热烈地爱着对方的时候，也能被对方热烈地爱着；

希望你所有竭尽全力的奔赴，都是双向的；

希望你能拥有"事事有回应，件件有着落"的幸福。

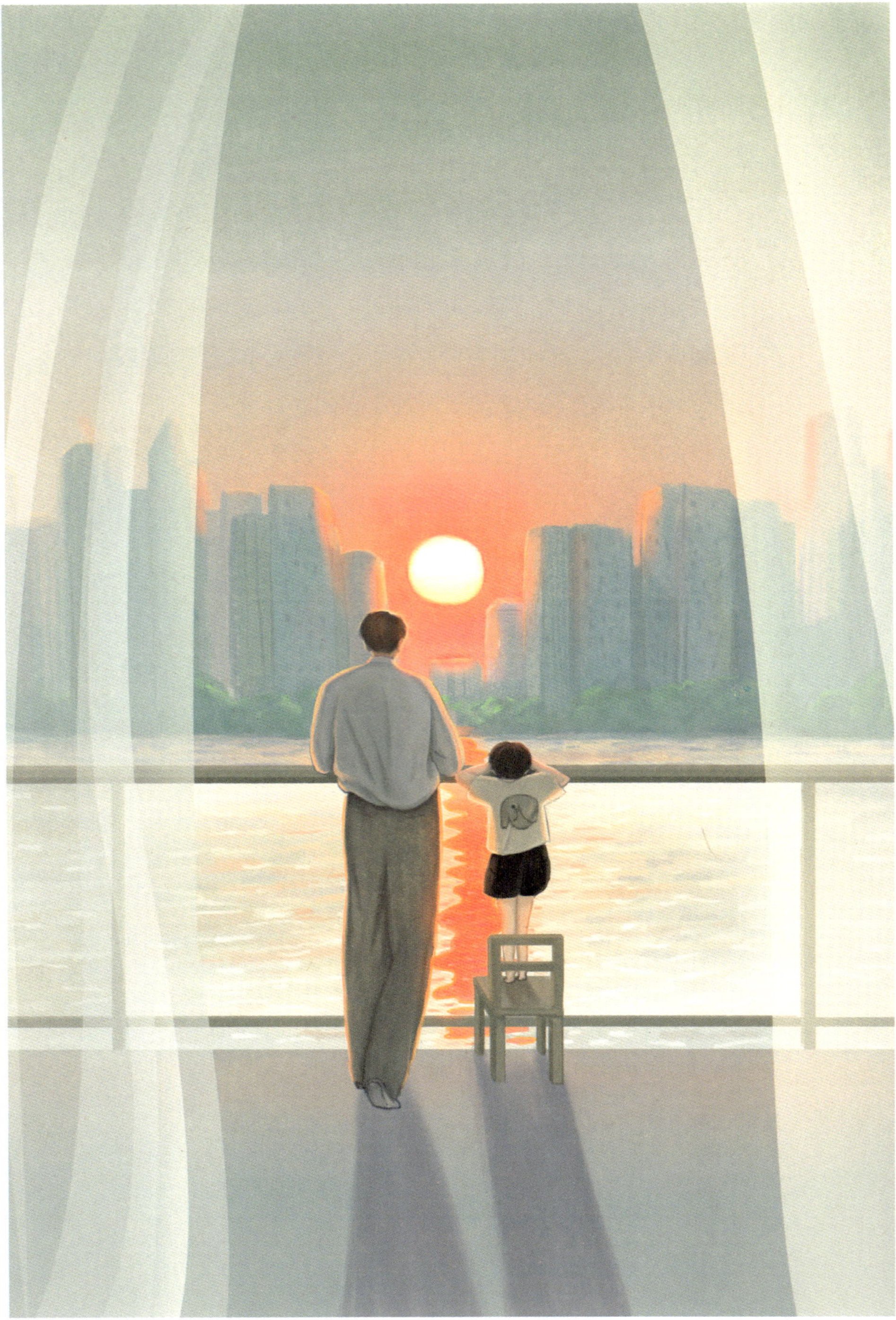

你不必一个人扛下所有

不知从什么时候开始,我们习惯一个人扛下所有。为了显示独立,刻意消灭"渴望被爱"的念头;为了自我保护,压抑了内心"被爱的需求"。

这样的你,不妨在夜晚卸下所有的伪装与强势,因为,承认"想被爱"并不懦弱。

想得到专属的爱,可耻吗

讲述者 | @蓝色梦气球

我比弟弟大三岁,因为太早体察大人的辛苦,我在很小的时候就"过于懂事",对爸妈"看好你弟弟"的要求和安排言听计从,尽可能地站在姐姐的立场上去接纳一切。我非常努力地学习,因为只有出考试成绩的时候,我才能得到父母短暂的关注。但这一切都不如弟弟的一句调皮话或是一个滑稽的动作,更能让他们开怀大笑。

我经常幻想单独和爸妈在一起,这样他们的视线里只有"小女孩"的我,而不是"当姐姐"的我。想自私地得到一份专属于自己的爱,可耻吗?

被爱,真的是勇敢者的游戏吗

讲述者 | @刺猬没有刺

什么时候,我成了那个既渴望爱情,又恐惧亲密关系的成年人。想和对方进一步交往,却有口难开,被动地等候直至联系渐少再无音讯。难道爱,真的是勇敢者的游戏吗?顾虑如我,表面平静如我,内心却在渴望一个温暖的怀抱。

哪怕一点爱,就能把我拉回来

讲述者 | @向上跌了一跤

当妈妈后,常感到一种隐形的压力,再苦再难都要硬撑,害怕被家人指责"不成熟""没有当妈的样"。但我真的也想被好好爱着,一直都是不停地付出、不停地忽略自己的需求,自我压抑,情感上的苦闷日积月累,我能清晰地感觉自己在崩溃的边缘徘徊。哪怕一句真诚的鼓励和关爱,都能把我拉回来,拥有再走一段路的力量。

如果有人对我说：别害怕，有我在……

讲述者 | @很厉害的小猪镇长

那天我坐在医院的病床上，心中满是孤独和不安。这么多年来，我一直都是一个人，一个人去外地上学，一个人租房子，一个人撑过了经济的窘迫，一个人去医院等待化验单的结果……

我不敢让父母担心，但内心又很希望有个人能给我一个肩膀依靠，哪怕只是轻轻摸摸我的头，告诉我：别害怕，有我在。那样，我就不会这么孤单了吧。

我承认，好想有个人陪陪

讲述者 | @小青

我是一个很独立的人，能够把自己照顾得很好。工作做得风生水起，是同事公认的女强人，生活也过得多姿多彩，拍照、烹饪、健身、旅行，每次分享自己的生活状态，都能引来不少人的羡慕。

可即便如此，"好想有个人陪陪"的想法，还是时不时会冒出来，我一边强烈地渴望，一边又强势地压抑，在拉扯中挣扎。现在的我，内心终于"统一"了，愿意留出一个位置，安放"渴望被爱"这个需求，也愿意向外界坦陈自己的脆弱，不再一个人扛下所有。

你不必,一个人走很远的路

当我们一味标榜独立,"渴望被爱"的表达似乎成了一种羞耻,是难以启齿的、应该被隐藏起来的。

有多少人,明明渴望亲近,却始终与人保持距离,避免交从过密;明明希望自己被看见,却刻意不再分享,缄默高冷;明明期待一个安慰和拥抱,却刻意隐藏自己,回避爱、拒绝爱。

承认自己"需要被爱",并且直接大胆地说出来,对每一个人,尤其是成年人来说真的很不容易。你可以有很多看似正确的理由:万一发出想要被爱的信号,没有得到回应怎么办?被拒绝了该如何收场?大家都很忙,自顾不暇,谁有余力呼唤爱、回应爱呢?

顾虑之下,你选择披上坚硬的外壳,压抑"被爱的需求",并理所当然地认为这是唯一一个办法了。但吊诡的是,"渴望被爱"就像一种生命力天然旺盛的野草,再生猛的除草剂,也无法将其从心灵的田园上清除。因为"被爱"是我们最本能的需求和渴望,一个人过得再好也会孤独,也想像小孩子一样,被照顾、被陪伴、被爱。尤其在人与人频繁连接的当下,光靠"独立"来填充的人生,也有走不通的时候。

承认并接纳自己"需要被爱",是拥抱真实自我的第一步。慢慢地,你会发现一些意想不到的变化。原来生活远不是想象的那么冷漠,爱无处不在,多数时候,是我们身处其间而不自知,有时麻木地忽视了,有时任性地挥霍了,有时自欺欺人地拒绝了……但不能否认的是，你有被爱着：那些爸妈没有说出口却放在行动里的在乎、生病时主动为你值班的同事、默默关注你朋友圈动态的朋友、为你的生日订了花束的另一半……哪怕是陌生人，也会在你寻求帮助时，给予朴实的善意和关怀。

没有人是一座孤岛。愿你疲累时，主动放下铠甲，稳稳地接住别人给予你的爱。我们也相信，被爱照过的人，会自然地溢出爱流向身边的人，如此循环，生活将会充满暖暖的萤火，驱逐每一颗心灵的孤寒。

我们可不可以不敏感

不知从什么时候起,"敏感"成了我们普遍恐惧的一种心理瘟疫。表达自己独特感受被冠以"庸人自扰";情感细腻被视为"做作",受到"神经大条"人们的规劝。另一边,敏感又与很多我们珍惜的东西息息相关,比如心灵的丰富度、对事物的感受力等。

生活中的你,是敏感的人吗?

那些关于敏感的"奇葩说"

关于敏感的讨论,如今在网络上已经由诸多网友旗帜鲜明地形成了两种不同的观点:

正方

讲述者 | @舒晴

那些指责别人"能不能不要这么敏感"的，我就想同款反问："你能不能不要这么粗糙？"

讲述者 | @Summer

敏感是我们与他人建立情感纽带时最需要的特质。一个敏感的人能够感知到他人的心情，也善于让自己的痛苦被他人感知，这是在陌生人社会中构建共同体所需要的第一步。

讲述者 | @Verve

同一场景，敏感的人总是能捕捉更多信息，对于创作者而言，这是极其宝贵的天赋。

反方

讲述者 | @半岛铁盒

天生高敏太容易感知周遭的痛苦，让自己负累不堪。应该钝感一些，不要陷入消耗中。

讲述者 | @晴颖

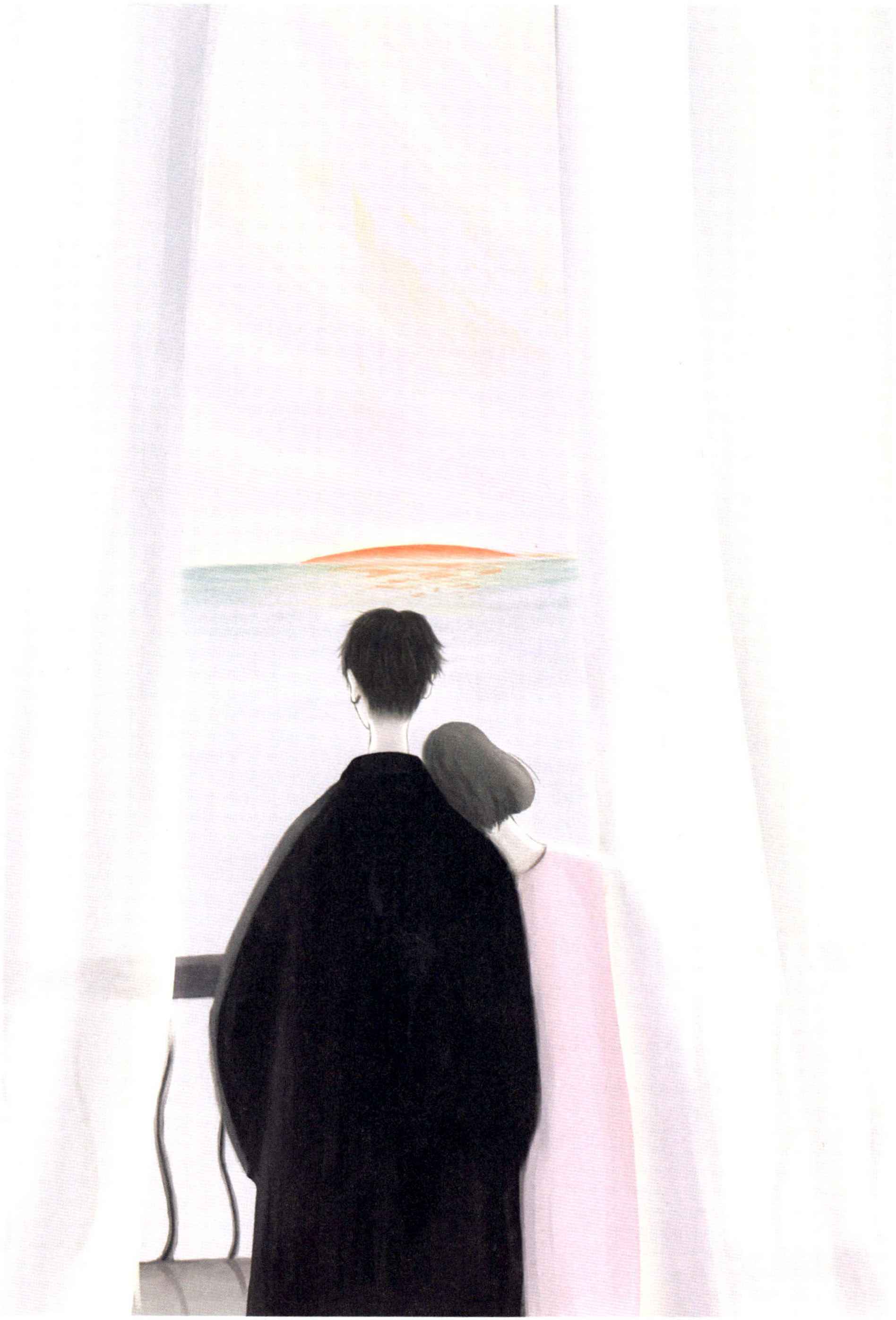

过于敏感就是免疫力的过激反应。想想，生活已经很难了，人真应该把自己省着点用。

讲述者｜@卡卡无糖

无论是亲密关系还是萍水相逢，和敏感的人相处总要小心翼翼，生怕触动了对方某根隐秘的神经，让我觉得疲乏。

敏感之人内心的风声与海啸

你是这样的人吗？

怕亏待了别人，忍不住想要做点什么；唯恐在意的人失望，强迫自己表现"周到"；擅长推敲一个眼神、一句话、一种语气、一个微表情背后的意思；当别人没有及时反馈或回应时，容易做过度的解读；体贴身边人的感受，表达意见时，总是有铺垫的、迂回的、留有余地的；刀锋向内，发生矛盾时偏向自纠自责；内心永远躁动，哪怕是环境的例行变化，也能带给你"五味杂陈"的感受……此外，还有一种更"丧"的敏感，叫作敏感到害怕被人发现我的敏感！

除了这些精神层面的"玻璃心"，敏感也指向我们的身体机能，比如嗅觉、触觉、味觉、听觉、视觉等。你看，听觉上敏感的人，晚上睡觉的时候，就很容易被细小的声音吵醒，对噪声的耐受度低；嗅觉灵敏的人，就像一台"捕味器"，能轻易闻到空气中不易察觉的气味，甚至能把一种味道进行精细化分层；至于触觉上高敏的人，可能平常人眼中不过尔尔的"靠近"，都会引起内心的紧张与不安。

作家伊尔斯·桑德曾说道："高敏感者拥有发达的神经系统，可以感知到事物细微的差别，并且对信息进行更深入的加工。这会导致他们拥有更活跃的想象力和更丰富的内心世界，从外部世界感知到的信息，会触发大脑里面的各种概念想法，并且建立连接。"

真的不需要敏感吗

生活中，敏感常被视为一种冗余、累赘和障碍元素。尤其在讲求高效的人际社会里，人们更倾向钝化情感，通过让自己变得"皮糙肉厚"，来抵抗现实的粗粝。但当周遭充斥了太多的"硬邦邦"，我们又不得不拾起反思：人，真的不需要敏感吗？

相较于敏感的所谓缺点，敏感的优点很多是藏起来的，是一眼不容易看到的。比如共情能力，敏感的人，情感触角很容易抵达外界，产生共情。千里之外的某个社会新闻，明明是和你毫无关系的陌生人，但你能身临其境那种"酸楚"，并为之流泪；读小说中的某段对话或听到电影的某段旁白，心脏就有被瞬间击中的感觉。再比如，想象的能力，无论是文艺工作还是创造性工作，如果没有对生活的"多愁善感"，不能透过微末之物产生丰富情绪和广阔联想，日常则是匮乏和无趣的。

更重要的是，敏感可以是一种必要的"免疫机制"。当一些欺凌以"文明"、隐匿的方式进行，甚至内化于我们习以为常的日常，只有敏感的人能够意识到有什么地方不对劲。看看那些面对酒桌文化陡然作色的人，或是对被习俗绑架、价值正确的生活方式的反思……是"敏感"的心灵，率先看透某些司空见惯的事物中所蕴藏的丑陋，从而及时止损。

敏感，如影相随，我选择和解

敏感不是一种"病症"，不是"要去改掉"的性格缺陷，它只是一种与生俱来的特质，有的人高，有的人低，并没有好坏之分。有时敏感可以帮助我们更好地共情，有时又让我们为心所累，自讨苦吃。但没有关系，重要的是学会掌控敏感的度，在敏感带来的正反效应之间，找到平衡的点，由此收获更自如的人生。

诚如一位网友所言："接受了敏感就是我的本质之一，是我怎么也改不掉藏不住的特性。它给了我无尽的痛苦和烦扰，让我不安，让我低落。但也赠予了我更丰润的感受力，让我稳稳地接住每一份传递予我的快乐和爱意。"

愿每一颗敏感的心灵，都能这样与自己和解：我很敏感，我很善于去体察身边的所有人，但在此之前我首先要爱自己。敏感不是一个缺点，敏感可以让我创造出更大的价值，也可以让我成为非常受欢迎的人。我珍惜身上敏感的特质，去爱它，去爱我自己。

对方正在输入……

"对方正在输入……"是聊天时经常看到的提示,有时编辑那么久,发送的却很少。因为有些话是说给懂的人听,有些话只能默默收进心里。那些不能为外人道的真心话,是斟词酌句的试探,是写了又删的纠结,是欲言又止的寂寞。

是的,我什么都知道,知道如何疲倦,如何战斗,如何麻木,如何清醒。可是我一直不知道,你会愿意倾听最真实的我吗?

1

一个人漂泊他乡,困顿又执着、迷茫又倔强。面对父母的关心问候,尽管你想发个消息,吐露深切的烦恼,诉说经历的不如意,你想告诉爸爸妈妈,原来生活真的不容易,自己险些没有招架之力,你想要一个温柔的安慰和儿时的拥抱,但在发送的前一秒,全部删掉。

最后发送出去的消息是:都挺好。

2

你渴望见他一面,但你从不主动开口要求。你怕制造打扰,怕等来拒绝,怕被抱怨不独立。你偏执地认为,唯有他也想见你的时候,见面才有意义,这是爱情的体面和骄傲。

尽管,你多想发个消息说:

"嗨,有空吗?出来见一面吧。"

"正想你,可以立刻见到你吗?"

"现在的我,很需要你……"

但在发送的前一秒全部删掉。

最后发送出去的消息是:你忙吧。

3

你知道,如何把悲伤藏在无人处,如何自我消解不事声张,像成人一样。你知道,说出口的心事未必被懂得,不添麻烦是留给他人的温柔。

面对朋友的问询,哪怕情绪堆积如山,哪怕你想不吐不快地说:

"我最近过得不好,很不好……"

"我似乎没有前行的动力了。"

"你能听我说一小时吗?"

但在发送的前一秒全部删掉。

最后发送出去的消息是:我没事。

4

或许你已经改了11版设计,推翻了无数的定稿。或许为了项目的漫长战线,已经加了很久的班,熬了很久的夜,但结果依然不理想。面对纷至沓来的修改意见,你表面淡定地说:"OK!"但内心早已崩溃到无语。

你想不顾一切地放下所有的疲惫,做个不争气的逃兵,但在发送的前一秒全部删掉。

最后发送出去的消息是:收到。

5

哪怕有"眼泪融掉细沙"的疼,有说不尽的委屈和心酸,你都吞咽下。寂静中,一个人承包了宽容。旁观者替你不值,尽管你亦有十万个辩解的理由,但话到嘴边,全部删掉。

最后发送出去的消息是:算了吧。

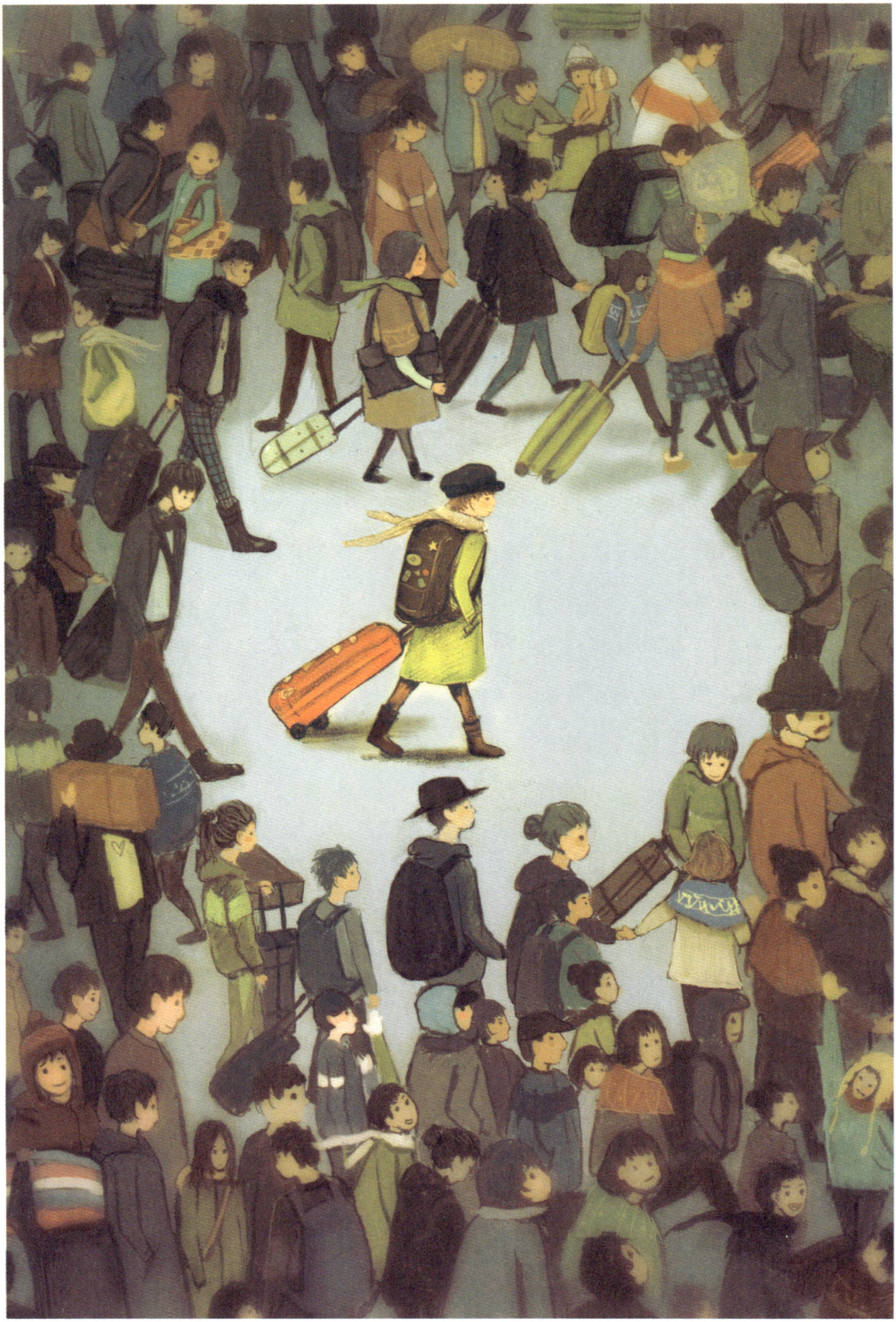

6

当你整个人有点难以言表的"丧",当你的生活发生了不为人知的小变故,至少没有大家那么洒脱、那么好。面对群里组局的热闹消息,尽管你提不起参与的热情,尽管你想说:

"我就不去了。"

"我状态不好,不影响大家了。"

但在发送的前一秒全部删掉。

最后发送出去的消息是:哈哈,好。

7

你擅长封藏内心的风暴和海啸,却学不会输出内心真实的想法。你谨小慎微地在乎他人的眼光,却忘记了自己的需求和感受。面对那些不必要、不相关,你有很多拒绝的机会,但在发送的前一秒全部删掉。

最后发送出去的消息是:都可以。

每个人的心里都有一团火,路过的人只看到烟。什么时候开始,长大后的我们开始不作声响,闷声消化情绪;什么时候开始,我们一味争强好胜,无视自己的软肋和疲惫;又是什么时候开始，我们复制唯唯诺诺，让真实的个性隐遁无形。

人生海海，都会有一些难熬的瞬间，你不必一个人撑起暗夜，不必刻意寻找面具掩盖真实的情绪，给自己多一些释放感性的时刻。要相信，这世间，有人懂你的敏感，予你温柔的呵护，有人能看透你的伪装，拥抱你的脆弱。

希望每个人的心里话，最终都可以顺利送达。

嗯，会好的

"会好吗？"

在生命中那些觉得过不去的时刻，你是否发出过这样的疑问？问自己，也问生活。

如果把生活比作一场烹饪，"煎"和"熬"都是变美味的方式，"加油"也是。

"会好吗？"

"嗯，会好的。"

1

有些人生关口，是以考试形式设置的：考大学，考研究生，考公务员，考教资……为了抢图书馆和自习室的位子，6点钟就起床，寒来暑往；为了全心备考，顶着压力破釜沉舟辞去了工作；为了一个不确定的结果，把日常变成了背书、刷题、挑灯夜战的苦熬……

在那些看不到光的日子里，你是否也怀疑：会好吗？

嗯，会好的。

你知道，人生的高光时刻下是什么吗？

是漫长黢黑的幽暗隧道，是撕裂疼痛的拔节生长，是不动声色的埋头苦撑。绝望是有的，但熬过绝望之后，时间的价值将会翻倍。不确定是有的，但春天要来，大地就让它一点点完成。

2

经历分手，就像经历一场疾病，哪怕手术成功，漫长的"复健期"仍是残忍的提醒，即使伤口不再汩汩流血，但结痂的疤痕仍会在夜里隐隐作痛。

当回去和忘记都变得困难，人好像会陷入另一种迷思：会好吗？

嗯，会好的。

痛苦和难忘，也许是爱人的证明，但释怀和向前，才是爱己的前提。感谢生命里的遇见，但流过泪后，我们都要有勇气成为别人的过去。

慢慢来吧，总有一场相遇，是互相喜欢、互相欣赏、共同成长，是隔着茫茫人海，带着温柔奔赴而来。

3

生了娃后最大的感受是憋屈，憋屈在一个叫"妈妈"的头衔里。什么身材走样、情绪变坏，这些都不算最糟糕，出月子的第一天，突然感觉以前的自己已经死了，活下来的是某某某的妈妈。看见他的时候就想他什么时候能快点长大，能一个人睡觉、吃饭，能管理自己的情绪，能把我还给我。

这段话，是多少妈妈的心情写照，在一个个小儿啼哭、工作未竟的夜晚，在一个个遍地狼藉、手足无措的时刻，是不是也有这样一个声音搅弄你的心：会好吗？

嗯，会好的。

爱会把软弱化成铠甲，你会希望这个世界对他宽容，你会希望所有伤害都绕开他，你会原谅和承担一切，你会为他努力成为最好的自己。而他，沐爱而生，一日一变，终有一天会反过来庇护你。

即使在过程中偶感委屈，也不必问会不会好，因为那个小小的生命就是"好"本身，他是你一时的崩溃，却是你永恒的治愈。

4

有人说，人要至少30岁才会真正了解渴望是什么滋味，可一个让人难过的悖论是：30岁之后，渴望越来越强烈，但它们实现的可能性却似乎越来越小。因为好多东西都凝滞了、定型了，工作好像就那样了，怎么也上不了新台阶；生活好像就那样了，怎么也看不到新出口，我们势不可挡地没入人海，变得普通。这种不甚满意却又无能为力的生活，会好吗？

嗯，会好的。

很多时候，我们可能过分美化了"别处的生活"，我们可能对所谓"普通"有些误读，人其实不需要活太多样子，你认真做一件事，就会解释所有的事；你认真过一种生活，就会创造专属的生活。生活可以在此处，重复中也会有惊喜，你的渴望，不在想象里，而在行动中。

5

当一个人步入中年，他被赋予的关键词是"成熟"，可生活的硌疼也来得尤其猛烈：家人生病你担心、孩子叛逆你生气、工作出错你沮丧、账上没钱你发愁……自己且走得趔趄，还要左手拽着孩子，右手搀着父母。压力没去处，累了不敢说，来路一览无余，人生的惊喜已然不多。

在岁月和生活的双重镂刻下，在抖落满身的沧桑和疲惫时，你是不是也会茫然一问：会好吗？

嗯，会好的。

二三十岁也好，四五十岁也罢，生命的活力，从不以年龄为界。

中年，可以宽厚从容，也可以轰轰烈烈。花儿谢了不必歇，还有果实呢，且看看你耕耘半生的硕果吧：上有老下有小，难道不是"家人团坐，灯火可亲"的幸福？沧桑的另一个名字，难道不是人生的阅历与积累？被依靠被需要，难道不是另一种强大的证明？

生在中年，生在人生最精彩的篇章里，有精力、有智慧，也有责任和使命——在看到生活的不易之后依然昂首向前。

每个人都会有一段异常艰难的时光：生活的郁闷、工作的失意、学业的压力、爱的惶惶不可终日……挺过来，人生就会豁然开朗，挺不过来，时间也会教你怎么与它们握手言和。

所以，可以挣扎，但不必害怕，更不要放弃。

后记

我们想出这样一本书——

告诉你我们所讶异的：为何文字，尤其是落在纸上的文字总是恒动人心。

告诉你我们所乐此不疲的：记录的，是新闻中的鲜活与难忘；仰望的，是比肩星辰的人；着迷的，是取之不竭的中文之美；热爱的、心动的，是无数个名曰"人间值得"的时刻。

告诉你我们所动容的：十年了，谢谢你，无问西东，无问芳华，把每晚睡前最柔软的时光交给了《夜读》。

告诉你我们所如愿的：很幸运，我们与你，此刻共同拥有了这本书。当我们的目光为同一页文字而停留，虽未谋面，也算相遇。

久违了，我的朋友！

央视新闻《夜读》团队

版权声明

本书亦有引用央视新闻《夜读》读者提供的内容,
如有读者对所引内容存有疑义,请及时与我们联系。

联系邮箱
yedu_cctv@126.com